CB130337

Campereadas
Coração de pandorga

Onde estão os meus brinquedos?
daquele tempo de guri,
ficou apenas o retrato,
batido lá em Cacequi...

Paulo Mendes

Campereadas
Coração de pandorga

Libretos

Porto Alegre, 2023

Design gráfico e coordenação editorial
Clô Barcellos

Capa: pintura de
Tailor Diniz

Fotos de memorabilia (objetos do escritor)
Marco Nedeff

Produção executiva
Andrea Ruivo

Revisão
Célio Lamb Klein

Dados Internacionais de Catalogação na Publicação:
Bibliotecária Daiane Schramm – CRB-10/1881

M538c Mendes, Paulo
Campereadas: Coração de pandorga. / Paulo Mendes. – Porto Alegre: Libretos, 2023.
160p.; 14cm x 21cm
ISBN 978-65-86264 -74-6
1. Literatura Rio-grandense. 2. Crônicas 3. Regionalismo gaúcho. 4. Memórias. I. Título.
CDD B869.3
CDU 82-93

Catálogo sistemático
Crônicas: CDD B869
Regionalismo gaúcho: CDD B869.90

Rua Peri Machado, 222 B/707
Porto Alegre/RS – Brasil
90130-130

www.libretos.com.br
libretos@libretos.com.br
@libretoseditora

À memória
do enciclopedista e tradutor
Donaldson Magalhães Garschagen
(11/04/1940-13/09/2019),
meu pai biológico,
que encontrei em 2007.
Doze anos que valeram uma vida.

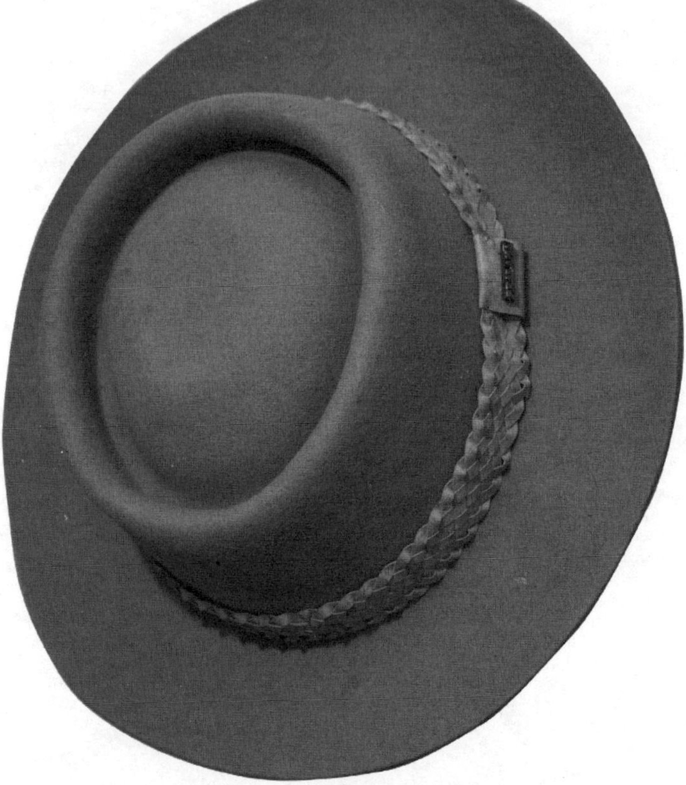

Guardo comigo uns tarecos,
o pala, o relho e o chapéu,
pra quando chegar a hora,
entrar a cavalo no céu...

Tão curta e tão linda

Campereadas – Coração de pandorga chega num momento de renovação, de esperança, de vontade de voar, de celebrar a vida, como uma andorinha que corta os ares e que volta todo ano. Como é lindo viver, como a vida é rara. Esta obra vem dizer apenas isso, "viva da melhor maneira que puderes viver, essa experiência nos foi dada como um presente, então temos que curti-la todos os dias e noites, não podemos desperdiçar".

O livro *Campereadas – O bolicheiro nunca morre*, lançado em 2019, não pôde ser divulgado. A pandemia de Covid-19, no início de 2020, impediu. De qualquer forma, foi bastante lido. Um livro é assim, enfrenta seu destino, cumpre sua travessia. Eu mesmo tive que enfrentar a doença, mas felizmente consegui suplantá-la. Foram dias difíceis, perdi tantos amigos. Porém, como profetizava o título, o bolicheiro não morreu e está de volta com uma nova coleção da premiada coluna que é publicada todos os domingos no *Correio do Povo Rural*, desde 2009.

Quero escrever novos livros, mas se este for o último ficarei feliz, porque deixei o meu recado: ser como uma pandorga que ziguezagueia no céu. Leve, sem mágoas, brincando, colorida e feliz. Entrego minha alma outra vez para os leitores, razão do meu trabalho. Vivo como uma pandorga e sempre fui coração. *Coração de pandorga* é uma forma de dizer "a vida é tão curta, mas é tão linda".

E a espada caroneira,
de guarda-mão niquelado,
não é arma, é a sentinela,
reculutando o passado...

Sumário

PRIMEIRA PARTE

15 Quem é do campo
17 Esses silêncios de campo
19 A mais doce lembrança
21 Amoras e borboletas
23 Lua na janela
25 Lá e aqui, aqui e lá
27 Janelas da saudade
29 Uma saudade que lateja
31 O que habita a retina
33 De onde vem meu canto
35 Cercas
37 Pequena prosa de rio
39 Prosa de açude
41 Lá nas taquareiras
43 Doces, memória e o rio
45 Seiva da esperança
47 Só uma milonga
49 Carta ao bolicheiro
51 Carta ao bolicheiro (2)
53 O poço
55 Pelos alambrados
57 Borralhos mortos
59 Banho de chuva
61 O poder das palavras
63 O pealo da vida

65 Gemada e o teco-teco
67 Os burrinhos e a enciclopédia
69 É o teu guri
71 Pão, pães e razões
73 O que fica esquecido
75 É primavera, Mirica
77 A casinha
79 Porteiras abertas
81 A alma buena dos que têm saudade

SEGUNDA PARTE

85 Coração de pandorga
87 Essas mãos
89 Cicatrizes do tempo
91 Os filhos da terra
93 A identidade
95 Alma gaúcha
97 Tributo ao peão campeiro
99 O potro Esperança
101 Trabalhar com gosto
103 Livia e o varal
105 Mais triste que a estrada
107 De laço atado nos tentos
109 Doces mágicos do Vespa
111 Sol, a "Castelhana"
113 Madre
115 Ausências de março
117 Uma tarde de maio
119 Na bruma do tempo
121 O outono nas tamancas
123 As folhas perdidas
125 A cara amarga de junho

127 Inverno, fogo e a vida
129 Garoa com vento
131 Xiru das invernias
133 Covardia dos invernos
135 Causo de agosto
137 Buenas, senhor Setembro!
139 Lágrimas de outubro
141 Fogueiras
143 Sol do Sul da alma
145 Dom Desidério vai embora
147 Tropeada braba
149 Aos que cuidam
151 A bandeira
153 Na porteira
155 Sombras, sonhos e andorinhas

158 Agradecimentos
159 Paulo Mendes

Primeira parte

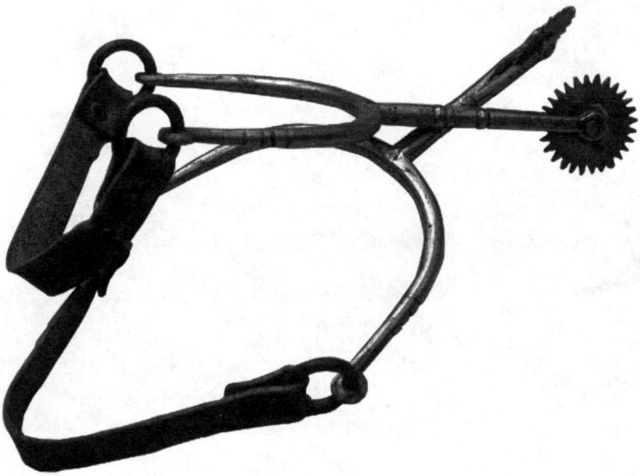

A memória da Vila Rica
da cabeça nunca sai,
como as esporas prateadas
usadas pelo meu pai...

Quem é do campo

Quem é lá de fora
Sempre encontra alguém
Que é igual de lá
Que é campo também.
Xiru Antunes

Tenho uma saudade latejante da paz daqueles campos onde me criei. Já disse e não canso de repetir. Quem nasceu lá na campanha, levantando no clarear do dia, buscando vacas para tirar o leite, apojando leiteiras na mangueira, quem tomou banho de sanga nos calorões dos janeiros e se aquentou nas frias noites de agosto, esse enxerga diferente. Às vezes, mesmo mirando para trás, vislumbra as coisas lá na frente. Cresce com tutano amarelo nos braços, tem as pernas firmes como moirões de guajuvira, bem fincados na terra vermelha. O tempo passa, mas quem vem dessas plagas rurais conserva sua estirpe e destreza nas lidas como quem tropeia um lote de poleangos ariscos numa manhã de primavera.

Lembro o dia que montei num ônibus na praça central da Vila Rica, com uma pequena malinha, e, junto com o José Mariano e outros amigos de infância, fomos servir o Exército Brasileiro em Santa Maria. Eu fui olhando para aqueles campos que deixávamos para trás, para as casinhas simples beira de estrada, os animais pastando, os açudes azulados, os caponetes à distância, as sangas, as estâncias, as lavouras, os tratores, as colheitadeiras estacionadas nos galpões. Tudo aquilo que de certa forma eu vi e convivi por tantos anos e fazia parte de mim. Nada nunca me pertenceu, mas aquelas invernadas também eram minhas e eu sabia que, com o passar dos dias e dos anos, iriam se desprender de mim. Os dias, meses e anos iriam me levar para outras realidades e cotidianos.

Foi o que realmente aconteceu. Fiz o Exército, mas decidi enveredar pela vida acadêmica na Universidade Federal de Santa Maria (UFSM), onde já havia prestado vestibular e garantido uma cadeira no curso de Comunicação Social. Foi um período bastante difícil, tive que conciliar as aulas da faculdade com um trabalho de 8 horas diárias para poder me manter. Mas também foi prazeroso o convívio com outros jovens tão sonhadores quanto eu. Fiz muitas e lindas amizades. O guri bolicheiro travou contato com outras culturas, sempre mantendo seu estilo e jeitão de xiru criado meio que ao relento, mas por isso mesmo bem educado e respeitador. O campo dá aos seus uns ensinamentos que os citadinos não têm. Não são melhores os campesinos, mas são diferentes.

São essas manias de conversar com os bichos, de assobiar nas horas vazias, um jeito de convidado, uma forma de brincar com as adversidades, de demonstrar pouco medo, mesmo apavorado por dentro, e de fazer sorrindo o que muitos fazem chorando. Os do campo gostam das coisas simples sem serem simplórios, são diretos sem serem rudes, e trazem um par de olhos para enxergar até nos escuros da vida. E vão encontrando outros parecidos pelas esquinas e encruzilhadas. Porque são iguais de coração e alma, porque são do campo também.

Esses silêncios de campo

Que me parece um silêncio na alma
Na noite solta que se vem a mim
E renascendo nestas horas calmas
Rompe barreiras do seu próprio fim.

Alex Silveira

Aqui onde vivo, por entre matos de concreto da Capital, me paro tantas vezes a recordar aqueles silêncios longos que atravessávamos, eu e meu cavalo Tostado, durante longas jornadas repontando vacas mansas ou entregando, de carroça, leite e lenha. Não foram tantos anos, mas para mim foi uma existência. Período que me moldou por dentro e por fora, e carrego para sempre o amor por esses caminhos de terra vermelha, com um rancho de quando em quando. Avistava a fumaça das chaminés e pensava, "lá vivem pessoas que acalentam sonhos como os meus". Como diz o querido amigo e poeta Alex Silveira, "o campo não fala, mas nos diz tanta coisa". Letrista dos quatro costados, o Alex tem a sensibilidade apurada, por isso é tão respeitado no meio nativista, ele que já foi cantado por Luiz Marenco, Joca Martins, Jari Terres, Jairo Lambari Fernandes e tantos outros intérpretes da nossa terra.

Quem vive nas cidades não sabe dos silêncios e das quietudes, rodeado por apitos de fábricas, buzinas de veículos, o burburinho constante e ininterrupto dos transeuntes, os gritos de vendedores ambulantes, os propagandistas de lojas, o ronco de motores, o barulho das máquinas e das obras. Mas para lá, depois da curva do rio, para bem mais daqueles cerros, começam as soledades, onde é possível se ouvir os grilos *nocheros*, o piar das tarrãs, o voo das perdizes, o canto da passarada, e, quando cai a noite, aquele silêncio de campo que diz tudo não falando nada. "Quem já permite ao seu cotidiano/ Momentos calmos de uma solidão/ Amansa o rumo do seu próprio plano/ Planta taperas no seu coração."

É isso mesmo, Alex, muitas vezes, para serenar o espírito, é preciso ouvir as vozes que falam nas pradarias esverdeadas do Pampa, das serras e do Litoral. Por onde quer que se ande a natureza se revela falante, pede socorro, mas nem sempre temos ouvidos sensíveis o suficiente para escutar ou entender. Tenho andado pelo nosso Interior e ouvido muitas queixas dos produtores em relação às secas, à falta de chuvas no verão e ao exagero de precipitações em outras estações, estragando plantações, terminando com as pastagens, causando prejuízos irreparáveis para a agropecuária do Estado. Talvez, amigos e amigas, seja chegada a hora de o homem campeiro parar, desencilhar, preparar um mate e escutar, no silêncio das invernadas e lavouras, os ensinamentos da terra.

Acorda, gaúcho! Lá fora um galo está cantando, um bem-te-vi está "amolando" no galho da laranjeira de braços nus, a sanga ainda murmura antigas ladainhas, os juncais secos do açude dão sinais. Escute, nesses barulhos podem estar teu futuro, dos teus filhos, dos netos e dos bisnetos. Ouça esses campos a se perder de vista. Firme a vista, apure o ouvido e ouça. Escute com calma, perceba e compreenda, não cometa mais tantos sacrilégios. Lembre-se, foram esses campos que te trouxeram até aqui. Saiba, de nada adianta tanta ambição, ganância por ouro e joias. Porque depois, no final, ficaremos todos embretados no silêncio eterno de um cemitério.

A mais doce lembrança

Trago na garupa deste pingo bueno da memória as lembranças mais lindas da minha infância campeira. Ah, meus amigos, são tantas, mas nenhuma é mais doce que a da Páscoa na Vila Rica. Ainda sinto, mesmo passados tantos anos, o cheiro e o gosto dos chocolates, dos caramelos, dos tijolinhos de banana, que aqui na Capital chamam de mariola, das grandes balas de mel, do sorvete seco (por onde anda aquela guloseima que nunca mais vi neste gauderiar andejo?), das rapaduras de leite, das gomas, enfim, daquela variedade de doces que nossos pais compravam e colocavam em cestinhas no Domingo de Páscoa. Existia sempre uma grande expectativa para o que iria aparecer naquelas pequenas caixas que enfeitávamos bastante para atrair o Coelho. Dona Mirica, nossa mãe, dizia para os filhos que quanto mais enfeitado e bonito ficasse o ninho, mais faceiro ficava o Coelhinho. Assim, ele contente, depositava mais doces. Então, esperançosos, caprichávamos ainda mais nesse quesito. Ah, e prendíamos a cachorrada para que não assustasse o bichinho.

A preparação começava algumas semanas antes. Primeiro era preciso achar uma cestinha já pronta. Ou, então, fazer uma nova. Caixas de sapato também serviam, mas nesse caso requeriam dedicação para a pintura e embelezamento. Depois, saíamos em caravana, eu, meu irmão, o pai ou a mãe, pelos matos em busca de barba-de-pau para preparar os ninhos. Quando um achava, gritava e os outros chegavam sempre com um saco de estopa para transportar o material. Meu irmão era mais novo e mimado, ficava enciumado caso eu fizesse um ninho grande e vistoso. Então procurava fazer uma cesta pequena, nunca maior que uma caixa de calçado, e o ajudava a fazer uma ainda maior. Assim, todo mundo ficava contente. Eu sempre acreditei em Coelhinho, Papai Noel, Bicho-Papão, Mula-sem-Cabeça e milagres. Até depois que cresci e aprendi os mistérios da vida, segui acreditando. Não se trata de ser ingênuo, mas compreender que o sonho sempre cabe no coração.

Vem Mirica, vem nos ajudar a catar barba-de-pau nos matos. Vem, mãezinha, sai do redor desse fogão tão quente, detrás desse balcão besuntado de graxa, e vem se juntar a nós. Você ainda está tão viçosa, mãezinha, o tempo não passou para ti! Ainda tens os cabelos pretos, teus braços seguem tão fortes, e tuas mãos, mesmo calejadas da enxada e das panelas, ainda são tão macias. Isso, mãe, esta cesta está ficando supimpa e sei que o Coelho vai se agradar dela, como eu sempre me agradei desse teu jeito tão meigo de nos arrumar para o colégio. Nunca nos deixe sozinhos, Mirica, tu sabes que sempre vamos precisar de ti.

E hoje, amigos, meus dias não têm mais o cheiro da terra molhada depois da chuvarada de abril, o gosto das pitangas maduras e das amoras na minha boca juvenil. Todos os doces que a vida me deu foram se escorrendo pelas minhas mãos. Abro-as e estão vazias, brancas, enrugadas, mostrando-me que tudo passou. Não tem mais passeios à restinga, não existem mais cestinhas coloridas, e o Coelhinho, coitado, cansou de me procurar lá no Rincão do Cerrito. Mas não me entrego, neste domingo serei de novo um gurizinho sonhador. Porque sempre será possível encontrar doces, mesmo que eles estejam escondidos no fundo de um olhar...

Amoras e borboletas

Bem no fundo da invernada grande do passado, numa volta de mato, perto da sanga que escorre límpida e pura, ali, bem escondidas debaixo de uma sombra ancestral, estão as lembranças mais doces. Elas são tantas, por vezes amargas, por vezes insuportáveis, por outras melíficas, tão queridas que chegam sem pedir licença e se instalam dentro da gente. O senhor e a senhora sabem do que estou falando. A vida da gente vai se esgueirando devagar e todos os anos temos que passar por essas invernias brabas, chuvas guasqueadas, garoas com vento, geadas grandes que só vão levantar no meio da manhã, tudo para nos testar, averiguar nossa resiliência, nosso poder atávico de resistir e de antever novas batalhas.

O inverno veio brabo este ano, parece que nos encontrou ainda mais covardes. Estávamos amedrontados com a pandemia que cruzou oceanos e foi parar em todos os lares, em todos os rincões, em todas as cidades e confins do mundo. Ninguém ficou imune. Assim, nos entrincheiramos pelos beirais das casas, nos isolamos ainda mais nesses meses reclusos, escutando a ladainha do vento gemendo pelas esquinas, na pauta dos alambrados, torcendo para que tudo passasse depressa. Não, não foi isso que aconteceu, todos sabemos. Seguiu o baile do mesmo jeito, e agora vêm nos dizer que talvez isso, talvez aquilo, que devemos seguir esperando por dias melhores. Então aqui ficamos, aguardando os acontecimentos, tentando tocar a vidinha, como sempre, mas todos sabemos que nada será como antes.

Por isso, quando vem a primavera, sou guri outra vez. Atiro longe o pala de lã, troco as botas pelas alpargatas e parece que estou caminhando sob o sol da Vila Rica numa esplendorosa manhã de outubro. Já sinto o cheiro da várzea, os pássaros em gritaria voando em direção à restinga, onde vislumbro as amoreiras carregadinhas, com milhares de frutas caídas no chão colorado da minha infância. Ah, era tão lindo colher as amoras montado no Tostado, que ficava quieto, imóvel, e a gente de pé sobre o lombo dele, tentando pegar aquelas mais graúdas, que sempre estavam nas grimpas. Num dia de chuva, caí de um galho, me estatelei, quebrei a clavícula, que até agora me dói. Por dias me contorci de dores, mas descobri com o tempo que as torturas mais terríveis não estão no corpo e sim na alma. Era só um guri que carregava umas três ou quatro bolitas nos bolsos furados e por isso as perdia.

Hoje vivo encompridando rios, caminho devagar por sobre as sangas invisíveis, formado de silêncios, desvãos e escuros. Eu vim na garupa dos anos, prateado de luas de outono e com sabor de amoras maduras na boca. Tudo passou depressa demais, reconheço, e eu sigo sentindo o gosto das madrugadas no canto dos passarinhos, buscando, desesperado, que minha literatura gorjeie versos. Lá, bem depois daquela invernada, daquela volta de mato, daquela sanga, está minha metáfora, que sonha com coisas vagas que nunca saberei. Assim, meus amigos e amigas, leitores tão queridos que me acompanham há tanto tempo, que me incentivam com mensagens, cartas, e-mails e abraços virtuais, eu me redimo. Inflo o corpo, estufo o peito e, justamente por não ter rumo, saio a galope a semear borboletas nesta primavera, adivinhando o eterno num céu de amoras.

Lua na janela

Quantas noites, deitado na caminha antiga, de varões de ferro e lastro de tela, ficava olhando para o céu pela janela aberta naquelas primaveras da Vila Rica. Lá em cima, algumas vezes, com sorte, por entre os galhos dos ciprestes, via a lua prateada a clarear os campos e a estrada de chão batido, a iluminar nossos destinos tão ínfimos, pequenos, diminutos... Futuros que pareciam nem existir. Muitas vezes, guardava ainda na memória as melodias de músicas que havia escutado em nosso rádio a pilha. Sonhava, acordava e sonhava de novo. Era tão jovem, um guri, um piá de campanha, um pequeno bolicheiro, carroceiro e leiteiro, vivendo da manhã à noite em contato com a natureza, e que, durante o período escolar, passava as manhãs no colégio, na cidade, aprendendo sobre história, ciências e outras coisas que gostava e pelas quais me interessava.

Nossa vida era dura, puxada mesmo, de trabalho pesado. A família era pequena, tinha muitas atividades e havia pouco tempo para o lazer durante a semana. Os jogos de bola, de bolita, a pescaria de sanga, as pandorgas, tudo isso ocorria aos sábados à tarde e aos domingos. Mas quando a gente é guri, a vida é tão linda, tão vistosa e cheia de cores, mesmo que não tenhamos a consciência disso. Só agora me dou conta dessas coisas, na época nem pensava em nada. Comentei, dia desses, que até durante os dias de labuta achávamos coisas engraçadas e prazerosas, trabalhando e cantando, assobiando, fazendo chistes, contando anedotas, inventando situações, exagerando, aumentando e criando brincadeiras.

Ah, aquelas noites solitárias, silenciosas, as luas de primavera, que muitas vezes chegavam rosadas, amareladas, iluminando os parapeitos, lançando raios de luz pelos desvãos da memória. Com o passar dos dias, dos anos, fui vendo tantas luas, mas parece que aquele luar era diferente, mais luminoso, havia nele uma magia metálica que nunca mais vi. Sempre fui tão grato por aquilo, por aquelas dádivas que tive, por isso recoluto nessas ausências as recordações que me salvam. São lampejos, são elucubrações de um tempo distante, que passou e não volta mais. Sei disso, mas vejo a lua de novo, depois de tanto tempo, e me transporto para lá, outra vez, me torno um pequeno ser sonhando no meio do campo numa noite enluarada.

Olho de novo pela janela e o céu de outubro é o mesmo, mas mudei tanto, o guri virou um senhor de cabelos brancos, com mãos cheias de sulcos e pele enrugada. Os fios tão escassos, fininhos, com entradas na fronte, tão diferente daquela imagem que tinha do guri que se enxergava no espelho dos lagoões de potreiro. O tempo passou como água de lajeado que foge nas corredeiras, fazendo marolas e espumas. Estou aqui, não sei até quando, contando tudo o que vivi. Escrever enfeitado eu sei, imitar, como fazem tantos, também sei, mas prefiro a escrita simples, com cheiro de várzea depois da chuva, palavras que a gente lê como quem caminha na geada numa manhã de inverno ou quem toma banho de açude numa tarde de domingo. Essa literatura é um clarão de lua entrando pela janela, numa noite de primavera, no interior de um município. Não chega a clarear tanto assim, mas mostra o caminho e abre picadas nos escuros da vida.

Lá e aqui, aqui e lá

Caminho molhando meus passos pela Riachuelo nesses aguaceiros de julho, depois dobro na Caldas Júnior, antes de começar mais um dia de trabalho. Enxergo, lá no fim da rua, o muro, o rio, os campos e as matarias distantes, o céu chumbado de um cinza entristecido. Neste momento bate uma vontade férrea de saber da minha gente, daqueles que ainda esperam por mim pelos pátios, pelos oitões de rancho, para uma trova, para uma conversa comprida de pescaria, para um causo de açude, para um mate com bolinho de chuva. Como estarão os que ainda ficaram, os que ainda não se foram de tiro para as campereadas do além da vida, e os que largaram as rédeas soltas sobre a grama forquilha e, zum, se mandaram para nunca mais voltar?

Eu vim embora para sobreviver. Eu me bandeei para poder escrever aqui neste jornal onde aprendi a ler, que é bem mais que um órgão de imprensa, é um símbolo da comunicação desta terra. Perguntam-me: há quanto tempo estás no *Correio do Povo*? Respondo: desde sempre. Parece mesmo que sempre estive nesta redação centenária, que sempre andei por esses corredores tão amigos, que sempre usei este elevador histórico. Quando era jovem, até pensei em andar pelo mundo, mas depois que entrei por aquela porta, lá embaixo, tive a certeza que queria ficar aqui. Tive diversas oportunidades e convites para me ir, mas decidi ficar. O *Correio* já passou por tantos projetos, mas para mim ele será sempre o jornal com o qual eu posso me comunicar com o povo do campo, da terra, a gauchada simples. Para mim, isso basta. Agradeço e sinto um orgulho imenso de fazer parte dessa história tão rica.

Quando vi o outro lado do rio, me enxerguei na Vila Rica, ainda menino, em nosso bolicho, enrolando fumo em rolo nas páginas lidas e relidas do antigo *CP*. Eu lia as notícias em jornais velhos dezenas de vezes e guardava, bem escondidas, as edições do caderno cultural. Nelas, tive contato com a poesia gauchesca, com o regionalismo. Nas tardes quentes de janeiro, me deitava no carnal de um pelego para sestear, com um copo de água fresca, lia poemas, contos e pensava: nada mais é preciso na vida para ser feliz, sombra, água, um pelego e uma boa história para ler. Logo depois estava inventando jornais junto com meu irmão Luiz, contando causos engraçados, provocando risadas em nós e naquela gente humilde, trabalhadora e esperançosa.

Ah, a vida, tão curta e dolorosamente linda. Com o passar dos dias, do tempo, vamos ficando velhos e voltamos ao princípio, a ser crianças de novo. Aqui, agora, me vejo lá. E lá é aqui. Em 2020 quase morri, após contrair Covid-19. Mas sobrevivi para fazer tantas coisas que ainda não havia feito, completar projetos que estavam pela metade. Voltei à vida porque ainda não era minha hora. Porque adoro viver, queria aproveitar mais um pouco. Como dizia seu Turíbio ao ser perguntado do que mais gostava na vida: "Viver".

Não estou mais lá, mas estou aqui. É como se estivesse lá e aqui ao mesmo tempo. Se ficasse lá, certamente não estaria aqui, mas estando aqui posso estar, hoje, em qualquer lugar. Gosto de camperear pelas palavras e sabia que a Vila Rica era apenas um lugar e o mundo inteiro. E que onde estiver serei sempre o bolicheiro da Vila Rica, o contador de causos.

Janelas da saudade

Existem certos ruídos da nossa casa da infância que, por mais que o tempo passe, não saem da lembrança. Um rangido de porta, um estalido de trinco, o portãozinho de ferro se fechando, a corrente do poço, os passos do pai no oitão, as panelas da mãe ao redor do fogão a lenha. O assoalho de tábuas provocava barulhos conhecidos que, com o passar dos anos, faziam parte de nós. Era lindo escutar a orquestra da passarada quando o dia clareava, trinados e cantos de todas as frequências, graves e agudos. Há dias que acordamos e ouvimos algo que nos remete para lá, de novo, para aquele tempo já tão distante, já quase esquecido, mas que por alguma razão volta para nos dizer que a gente cresce, vive, envelhece, mas é o mesmo sempre.

São aqueles barulhos que queria ouvir neste momento, agora que o tempo passou tão depressa, se esvaiu como um bicho atingido por uma adaga afiada na volta do pescoço num dia de carneação. As atividades começavam cedo nesses dias de matança, um novilho gordo, uma vaca falhada. Até a barulheira nesses dias era diferente, mais forte, com novos ingredientes, com novas vozes, com cães agitados, uma movimentação que começava duas horas antes. Era um tempo de vida tão simples, com comida e diversão para todos, que se rebuscavam, como diziam, e ninguém passava fome, ah, amigos, isso não.

Há sons que nunca esqueço, principalmente os da nossa velha casa. Aos domingos pela manhã, se havia sol, costumávamos abrir bem as janelas, os postigos, as venezianas para que entrasse casa adentro o calor que irradiava do lado de fora e a energia que brotava pelos campos e pelo arvoredo. Como éramos guris, e as janelas tão antigas e grandes, tínhamos dificuldade para abri-las. Passavam dias e dias fechadas, endureciam, estalavam, faziam uns barulhos estranhos, cada vez diferentes, conforme a estação do ano. Na primavera, riam; no verão, gargalhavam; no outono, gemiam; e no inverno, choravam. Pelo menos parecia ser assim, era isso que eu e meu irmão entendíamos. Será mesmo? Ah, as verdades que trazemos na alma sempre são as nossas verdades num determinado tempo e espaço, por isso, inquestionáveis.

Nos dias de semana, acordava com o ranger da cama da mãe, dona Mirica, quando ela se preparava para levantar. Era rápido. Então, saltava também da minha cama de ferro, vestia ligeiro as roupas, calçava as botas de borracha e pegava o velho chapeuzinho de feltro amassado. Lavava a cara numa pequena bacia de louça, me enxugava com as velhas toalhinhas de saco de farinha, enxaguava a boca com um copo de vidro esverdeado, onde tinha sal e bicarbonato de sódio, e largava, quebrando geada, até o potreiro para buscar as vacas leiteiras. Depois, me lavava de novo, colocava o uniforme do colégio, tomava café e saía com a pasta de cadernos e lápis para pegar o ônibus Amarelão até a cidade. Cumpri essa rotina por anos a fio, até que os anos se atropelaram e tudo mudou. Ficaram os sons familiares daquele período. Vez por outra os ouço por aí em qualquer lugar que eu ande. Então, como num passe de mágica, estou lá outra vez, abrindo portas, fechando janelas, ouvindo os apitos do trem ao longe e o berro do gado. Em sonho vejo nossa casa depauperada, fechada, mas com uma janela aberta.

Uma saudade que lateja

Trago em meus internos uma saudade que lateja e enxergo ao longe um guri de calça curta e pés descalços, que eu não quero que a veja. É mais que uma, são duas, quatro, oito, se multiplicam, como esses pássaros que vêm, que ficam, como essas lembranças que por aquerenciadas, e desacorçoadas, nem vão mais embora. São doloridas essas feridas que o tempo deixou por dentro, vieram no vento, por desalento, e sem sustento, são minhas agora. Sim, são minhas, pois mesmo em não sendo rico, nem pobre mais fico, talvez, remediado, mas acostumado a ser abarbarado como um velho angico. E assim vou seguindo na estrada, nesta *Campereada*, vivendo de olada, olhando de reverso, entre a prosa e o verso. Então faço um aparte, vou beber na arte, enfrento esta lida, luta desgranida, e, não tendo saída, peço o seu permisso, pois sou linha e caniço do meu universo.

Ah, queridos leitores e leitoras, quanta coisa a gente traz escondida debaixo das asas do poncho da vida. Ficam lá essas saudades quietinhas, só esperando o momento certo para aflorar. E nos causam tanta dor, uma tristeza comprida, quase que infinita, porque de antemão sabemos que isso, que torcemos tanto para que voltem, não vão mais voltar. Justamente por isso latejam sem cessar. Vêm à mente aquelas manhãs de pão quente recém-saído do forno, a bicharada fazendo festa no terreiro, o leite fervendo em cima do fogão a lenha, o cheiro das laranjeiras, o grito estridente da passarada no arvoredo, o relincho do Tostado na estribaria do galpão grande, o espetinho de linguiça assando no fogareiro, a vassoura de carqueja descansando atrás da porta da cozinha, a caixa de lenha, o relho de um velho laço dependurado em um prego enferrujado na parede, a folhinha do Berega, o buraco no zinco por onde entrava um raio de sol e o gosto da ambrosia numa tarde de um domingo já tão distante.

E o doce desses dias era mais doce que o doce da batata-doce. E depois passaram uns anos, outros, mais outros, e tudo mermou como as tardes longas dos outonos da minha Vila Rica. E o que era doce fugiu por entre essas minhas mãos cheias de calos e cicatrizes, maceradas por coices de vacas leiteiras, cortadas por fios de arame farpado, por facas de cortar fumo em rolo, pelos dedos duros de tanto tirar leite na mangueira em madrugadas frias, mãos que se cansaram na bruta faina de segurar regeiras, cabos de arado e sovéus tão rudes. E vieram dias frios e amargas noites, severas madrugadas, manhãs sem sol e tardes encharcadas. Tudo passou num upa, como um arremesso longo e perdido de boleadeiras.

O boleado restou, por fim, sendo eu, a vida que desapareceu, o boi brasino que se perdeu, quieto e capturado, preso nos tentos sovados das três-marias. Ah, que vontade louca de um café novinho, recém-passado, para tomar devagar, sem pressa, ao lado de um fogão de ferro, daqueles da chapa bem lisa e mais lustrosa do que bota de correntino. Busco de há muito um remédio para essas dores que me corroem, mas não encontro porque não vendem em farmácia. Quem sabe um dia eu volte para o que deixei, embora, confesso, tenha medo de nada mais encontrar, que tudo virou uma fotografia para se mirar. Só sei dizer que aqui no peito não tem mais jeito, essa saudade nunca mais para de latejar.

O que habita a retina

Será que o pátio em que brinquei quando guri, com gado de osso, pandorgas e bolitas, ainda espera por mim? Lá, meus amigos e minhas amigas, onde, debaixo dos cinamomos, juntava os ossinhos e fazia tropilhas imaginárias de zainos e tordilhos, juntas de bois, de vacas que davam leite forte e gordo. Será que o campo verdejante onde corri junto com meus cachorros, a Piranha e o Cacique, ainda está lá a me esperar para uma segunda chance? Às vezes penso que sim, por outras acho que talvez tenha me esquecido, depois de sofrer com as unhas afiadas dos arados e plantadeiras que revolveram a terra vermelha. Como eram radiosas as primaveras na Vila Rica, eu apenas um guri campeiro, um piá de calças curtas que corria atrás dos pintos, que tomava banho de açude, que pescava lambaris nas sangas, jogava bolita, soltava pandorgas e amansava lindos fletes de taquara. Tudo era tão pequeno, tão simples, mas era tão lindo.

A minha saudade encharca essas vistas que já enxergaram de tudo um pouco pelo mundo. Acordo de madrugada e penso naqueles dias luminosos, já tão distantes, e parece que ainda estou lá. É impressionante que quanto mais o tempo passa, quanto mais longe me encontro daquela querida terra, mais perto dela eu chego. Já disse o poeta campeiro que por mais longe que o homem vá, nunca poderá fugir de si mesmo. Noutras manhãs, enquanto mateio solito, olho a água esverdeada do chimarrão e enxergo aquela pequena coxilha onde cresci, onde rolava nas manhãs de outubro, inventando brincadeiras com os cuscos que corriam, acoavam e vinham saltar em mim, como verdadeiros amigos que eram.

Por que só agora descubro que era tão feliz? Justamente por termos tão pouco, tínhamos o que precisávamos, nós, aquela família humilde que vivia com um pequeno armazém, uma chácara, uns poucos animais, umas lavourinhas, a mãe bolicheira, o pai tropeiro e dois filhos para ajudar nos afazeres domésticos. Éramos quatro, mas nos multiplicávamos com a garra dos que levantam cedo, ao clarear do dia, daqueles que sabem que têm poucas chances aqui na terra caso não se esforcem ao máximo, daqueles que aprendem que é preciso coragem, denodo, não esmorecer nunca. "Lutem, meus filhos, não se entreguem jamais, sejam trabalhadores e honestos", alertava o pai enquanto alisava a palha, picava o fumo para o palheiro. Depois, chamava-nos, um de cada lado do cepo em que ele estava abancado, e ficávamos sentindo com prazer o aroma do cigarro e o cheiro do suor do Tostado, que ficava impregnado na bombacha.

O que habita a retina é o que mais de mim se ausenta. Já nem sei se ela me habita ou sonho com o passado que escorregou pelos dedos. O pai, a mãe e os amigos que se foram são, hoje, a minha memória. São esses campos, essas matas, esses córregos que ainda resistem entre uma lavoura e outra, sustentando a vida, como quem sujeita na força do braço o peso da vida. Este verde que vive em mim me atiça como as brasas de um borralho moribundo. Quando tudo parece acabado, surge no meio das cinzas uma flama viva e tudo recomeça. O que aquece a alma se mistura ao jade das lembranças mais ternas e amigas. Esses olhos cansados cintilam de novo e a minha esperança já não é apenas uma fotografia. É amor à terra e vontade de viver.

De onde vem meu canto

É de lá daqueles fundões de campo, daqueles corredores sem fim de terra vermelha, daqueles socavões de pedras mouras pesadas de tempo e de luas prateadas. Sempre foi de lá. Sim, lá daquelas sangas sinuosas verdejadas de pampa, juncos e aguapés, dos açudes em que o sol deixava a água azulada nos finais das tarde de outono. Ah, é de lá, onde as coxilhas tremem no horizonte e os caponetes desenhavam silhuetas escuras nas claras manhãs de maio. Onde, nos oitões das velhas casas dos avoengos, a gurizada descascava bergamotas maduras depois do almoço ao lado dos gatos e da cuscada. Lá, onde os homens usavam cumprimentos antigos e amistosos, mantinham bigodes grossos e chapéus de abas largas, onde as mulheres não se importavam de atar um lenço na cabeça, não se envergonhavam de trabalhar de sol a sol, de fazer comida no fogão a lenha, de cuidar dos filhos, de fazer pão e de preparar o mate em todas as madrugadas para os seus peões.

De um lugar assim é que vim e de lá vem meu canto, a minha escrita simples e reta como os aramados que se perdiam de vista acompanhando o sol avermelhado da Vila Rica, o mais lindo que já vi nesta vida guapa. Quanta saudade daquele boião de fogo descendo por detrás dos eucaliptos e das tambeiras pastando, mugindo, chamando os terneiros. E a gente buscando gravetos para a manhã seguinte, fazendo as tarefas ligeiro para dar tempo de jogar bola ao lado das taquareiras, antes que o dia desse adeus.

De lá, meus amigos, vem este meu jeito campeiro de falar e esta maneira de escrever como quem desencilha um pingo ou abre uma porteira.

Sinto que a minha literatura sempre foi eivada do sereno frio das madrugadas castilhenses e traz o suor salobro do lombo dos cavalos de lida recém-desencilhados. Um canto com gosto de apojo que se bebe na guampa, ainda na mangueira, no fim de uma madrugada de junho. São palavras que cicatrizam feridas, como folhas de guanxuma mastigadas por horas. Ou que cortam como fio de faca, deixando um talho aberto, feio e dolorido. Porque, amigos, a palavra pode confortar, apaziguar, como pode abrir crateras pelos nossos internos. Eu sei que muitas vezes, sem querer, entristeço pessoas, amigos e leitores, que sentem tanta saudade que se transformam em rios de choro e dor. Sei também que, mesmo assim, esses leitores seguem lendo a coluna, pois sabem que ali adiante, no próximo domingo, vão rir de doer a barriga.

De nada reclamo e não peço arrego. Sigo sempre nessas campereadas da vida, assobiando, cantando, feliz e satisfeito. A vida já me deu tudo o que queria e coisas que até penso que nem mereço. Lá de onde eu vim os xirus andavam de pés descalços, camisa de brim surrado e bombacha arremangada. Nunca tivemos luxo. Me criei ao lado de sábios que pouco frequentaram os bancos escolares, chefes de cozinha que sempre prepararam seus alimentos em panelas de barro no fogo de chão, com grãos que eles mesmos plantaram e eles mesmos colheram. Meu canto é assim: um mate de fim de tarde, um milho assado, um pinhão na chapa, um arroz de carreteiro, um café de chaleira, uma milonga ponteada ou um acorde noturno de gaita. Meu canto vem do fundo da alma da linda gente que me viu nascer e crescer.

Cercas

Eu era guri, nem lembro com quantos anos, quando vi um grupo de alambradores rasgando uma coxilha com cerca de arame. A paisagem era tão linda, esverdeada, e eu a via todos os dias quando retornava para casa depois do colégio. Lá no fundo, ao longe, passava a linha férrea, e, de noite, eu dormia embalado pelo barulho dos trens. Sons, ruídos metálicos, quase amigos, e já sabia, pelo ouvido, quantos vagões a locomotiva puxava e se o trem era cargueiro ou de passageiros. A ferrovia feria pouco a coxilha, apenas uma verga, um fio, um talho. Diferente da rodovia federal, a leste, onde o corte era largo. Por isso gostava mais dos trens, pois tinham menor impacto na mirada e carregavam um charme nos seus apitos, o grito dos trilhos, sem falar na estação, onde tantos chegavam e partiam. Além disso, tive dois tios que eram ferroviários, sempre elegantes em seus bonés com abas de plástico preto.

Anos depois, quando entrei na Faculdade de Comunicação, em Santa Maria, um mundo novo se abriu para mim. Comecei a conhecer colegas que me apresentaram escritores, cineastas e músicos. Realmente aquilo era tão diferente do que conhecia, havia tantas diferenças, um choque. Foi então, numa madrugada quente, que uma namorada, por quem eu ficara deslumbrado, falou que havia "uma cerca entre nós". Nunca esqueci aquela frase, mas segui em frente. Conheci outras pessoas, fiz novos amigos, mas sempre vivi ao lado desses cercamentos, dessas barreiras, sejam elas pessoais, comportamentais, culturais ou mesmo imaginárias. Por quê?

O tempo passou tão depressa, como as águas da sanga onde pescava lambaris lá na Vila Rica. Eram lajeados frios onde, aos domingos, eu ia com meu caniço de taquara e com as iscas de minhocas que guardava numa latinha de Leite Ninho com terra úmida. Um dia fiquei com pena das minhocas e parei de pescar. Eu tinha pena de tudo, dos cachorros, das vacas leiteiras, dos bois de canga, até de mim, que chorava sozinho aos sábados à noite escutando rádio debaixo dos cinamomos enquanto os amigos de escola se divertiam nos clubes onde eu não era sócio. Então queria que o tempo passasse depressa. Agora quero que ele ande bem devagar. Não, não guardei mágoas, essas são coisas para a gente esquecer.

Ah, meus amigos e minhas amigas, eu queria hoje um mundo sem cercas, sem aramados, sem fronteiras. Queria uma liberdade interior e povos fraternos vivendo em harmonia, sem guerras, sem muros, sem armas e apenas a diversidade de línguas, de culturas e de tradições. Eu busco aquilo que nunca virá, eu busco a utopia das crianças brincando nos finais de tarde nos subúrbios das cidades grandes, médias e pequenas. Sei, sou um sonhador incorrigível, sou um cronista que viverá no imaginário dos que viveram no campo e foram para as cidades, dos que nasceram nas cidades e sonharam viver no campo. Tanto faz, porque no fundo o homem é um só, independente de raça, idade, cor, nacionalidade, religião, profissão ou classe social. E esse homem quer liberdade, paz, amor, saúde e um mundo liberto, onde possa viver feliz. Por isso minha literatura é assim, simples e universal. A vida é curta, mas queria dormir sobre a grama verde e humilde, olfatando para sempre o orvalho doce da Vila Rica.

Pequena prosa de rio

Vai, meu rio, desce em tua correnteza de certezas, sempre em frente, sempre mais, vai, meu rio de canto e desencantos, lamento e tristezas. Vai, beija a barranca e se larga no remanso, descendo, fugindo, se esgueirando por entre as matarias que te ladeiam, em busca de quê? O que procuras, meu rio, eu que sempre te vi tão igual e diferente, o mesmo e cada dia outro. Que ânsias tu carregas nessas águas, que mistérios guardas em tuas entranhas? Como tu suportas viver assim, caminhando, rodando, correndo, nesse caudal infante, quieto, calado, tão mudo? Junto a ti me sinto forte, mas na verdade sou muito frágil e medroso. Quer saber? Na verdade, tenho inveja de tua imensidão, de tua fortaleza líquida, de tua força bem maior que a minha, que sou um nada, só um campeiro, só um luzeiro na noite longa e profunda do esquecimento.

Aqui fico, à margem, junto às pedras e aos juncais, como aqueles seres inertes que são feitos de barro e vertente, paralisados, mirando o infinito do céu e da vertigem. Minha alma, onde estará ela, nesta hora que venho aqui, de novo, rezar e te contar histórias tuas e tantas, contadas e recontadas por todos? Eu me resigno, aceito, reconheço minha insignificância, minhas saudades e desígnios. Poderia ter ido embora de mala e cuia, levando os mijados e a foto da mãezinha, a faquinha de prata, as rédeas trançadas e o par de chilenas do pai. Mas fiquei apegado aqui para sempre, como esses umbus das planuras, solito, vago e parado, inerte, dando sombra pequena para uns paisanos de olhar de vidro.

Hoje sou eu que te conto meus desenganos, tens um tempo para me ouvir? Estou velho, rio caudaloso, imponente e tão forte. Os anos passam, tu sabes tão bem, vão minando a gente. Creio que tu também te sentes assim, um pouco desgastado com o que te fazem todos os dias. E essas lavouras ao teu lado, te sugando, te exaurindo? Mas tu, hein, não te mixas, segues tão altaneiro, resiste, nem dá sinais de tanto cansaço. Tuas margens estão tão devastadas, parecem os meus cabelos, tão ralos, com tantas clareiras, e tuas árvores cortadas. Escuta, são os bugios, parecem estar querendo me dizer algo, mas não entendo. Tossem, se afogam, se lamentam. E os capinchos, não os vejo mais, meu rio. Diga-me, tu te sentes bem com tantos homens te atropelando, te maltratando? Ah, rio tão largo e comprido, que ao invés de separar sempre uniu, diga-me alguma coisa para que possa dizer ao meu povo.

Eu sei, ninguém vai te atravessar duas vezes. Mas e eu, quantos vão ainda me magoar até eu desaguar do oceano, como tu fazes todos os dias? Confesso, eu tenho medo. Por isso fico aqui te mirando, pedindo teus conselhos. Está bem, não queres dizer nada. Ou será que tu me falas e eu é que não te ouço? Ah, não sejas cruel, rio de minha infância. Estou indo, mas saiba, mesmo longe, é a ti que procuro nas madrugadas sombrias e solitas. Quem mais? Gente como eu fica sem carinho, fica sem abraços e beijo de prenda. Nasce e morre por aí, por essas bibocas. Pior, nem sabe onde vai parar. Tu, pelo menos, sabes que vai descansar nas águas do mar.

Então, velho rio caminhador, estou indo, a lida me espera. Um dia chegará meu fim, da vida paguei o preço, Deus saberá o que fazer de mim e dar aquilo que mereço...

Prosa de açude

Ah, meu velho açude azulado da infância, quase não te reconheço mais, também tu não me reconheces. Sou eu, o pequeno bolicheiro, lembras? Passava horas nas tuas margens, na taipa, solito, segurando os caniços lambarizeiros de taquara, com o embornal de lona cheio de anzóis, empates, linhas, o alicate e a faquinha de prata. Algumas vezes, ainda carregava para perto de ti uns biscoitos, um naco de goiabada, um pedaço de queijo fresco para amenizar a fome naquelas tardes de domingo. E agora tu estás assim, quieto, mudo, mantendo um respeitoso silêncio frio e melancólico que combina com este entardecer de julho. Está bem, te deixarei como estás, nem atirarei pedrinhas nas garças brancas e nos socozinhos, até porque eles já não existem mais. Para onde foram todas aquelas aves, meu amigo?

O que fizeram contigo? Sei, tu gostavas mesmo era de ver a gadaria de boca e goela secas matar a sede nas tuas águas serenas e cristalinas. Eram animais lindos e vistosos, vacas de cria, terneiros, novilhas de sobreano, relampejando o pelo no sol do meio-dia. Eram tropilhas de baios ruanos, lobunos, gateados, tostados, zainos e bragados oveiros, cavalos bem gaúchos, bons de pata e macios de lombo, esses da mesma cepa que ajudou a empurrar nossas fronteiras bem para lá, onde o sol está se pondo. Agora te paras a mirar taciturno essas imensas lavouras de soja que te rodeiam, plantas enormes e que todas as colheitas vão para o estrangeiro. E a nossa antiga peonada minguando pelos corredores sem fim do pago, de freio e pelego na mão.

Lembras, querido manancial dos meus verdes anos, aquela vez que passei mais de dez dias adelgaçando a égua rosilha? Era uma medonha aquela mula, redomona e arisca, mas que de tanto arreio ficou mansa até para selim de prenda? Andei até na cidade, me exibindo, todo pilchado, fazendo graça, bem montado, tirando o chapéu de aba larga quando passava em frente das gurias que mateavam na praça. Elas riam, atiravam beijos, assobiavam, e eu ali, bem pachola, fazendo pirraça, escaramuçando, mostrando que a égua era boa de rédeas. Na volta, ainda parei no Homero pra tomar um trago de canha, à moda antiga, de pé, no balcão, segurando a rosilha pelo cabresto. No fim da tarde, quando voltamos, vi meu rosto de guri novo espelhado em ti, enquanto a égua bebia água batendo a barbela do freio.

Bueno, açude velho, a prosa está boa, mas estou indo embora porque o dever me chama. Antes de voltar, queria te dizer que somos iguais, do mesmo naipe, farinha do mesmo saco e compartilhamos os mesmos sentimentos. Já fomos bonitos e jovens, já fomos tão úteis, éramos uma realidade e um sonho. Hoje somos lembrança, como essas fotografias em preto e branco penduradas nas paredes das casas de pedra. Naquela época, achávamos que tudo ia durar para sempre, não pensávamos em nada, apenas vivíamos felizes em meio à natureza verdejante dos antigos campos da Vila Rica. Eu te peço que, como eu, resista. Não te entrega. Siga aí, parado, quieto, como um baluarte, água, memória e imagem de um tempo que já foi lindo. Assim revivemos, eu e tu na mesma ronda, irmãos de terra e jornada. Seremos esperança e verdade de um novo dia bem no fim desta campereada.

Lá nas taquareiras

Ficaram pedaços de mim em todos os cantos da velha Chácara dos Eucaliptos, na Vila Rica, sempre tão verdejante, com seu amanhecer cheiroso e o pôr do sol de um vermelho ensanguentado. Sinto isso a cada vez que vou lá. Sei que o tempo passa, que a cada novo dia somos iguais e diferentes, mas não tem jeito, somos aquilo que nos moldam no barro infantil do passado, na argilosa terra da criança que teima em grudar na alma fugidia, apegada que é no coração. Vamos conhecendo outros lugares, conhecendo tanta gente, nos reescrevemos, viramos outros por fora, mas por dentro ainda mantemos o guri de calça curta que caminha para a sanga num domingo de manhã com seu caniço de taquara nos ombros. Ah, gurizito campeiro, estou te vendo de novo, tu e teu bornal de lona, onde levas um naco de biscoito com chimia, dois tijolinhos e uma garrafa de café com leite gelado. E muitos sonhos.

Quantos sonhos... Alguns tu conseguiste realizar, mas os outros ficaram pelas coivaras, pela terra lavrada, pelos matos nativos, pelas lavouras de soja que foram lentamente tomando conta do rincão. Eu te vejo agora correndo atrás das preás junto com teu cachorro Cacique na várzea do fundo do campo, ao lado da sanga, perto da vertente. O cusco via uma lebre e corria sofregamente atrás, mas não tinha pernas. Como tu, guri, que pensava em tantas coisas, mas não tinha como alcançá-las, eras apenas um piá carroceiro, entregador de ranchos do armazém, entregador de lenha e leite. Mas olha, te parabenizo, xiruzinho meu amigo, tu foste corajoso, não te mixaste para as adversidades naturais. Tu levantavas cedo, ajudavas tua mãe a tirar o leite, inverno e verão, sempre alegre e satisfeito, depois te preparavas para pegar o Gemada e ir para a cidade estudar.

Agora te vejo junto com outras crianças na parada do ônibus, rindo, contando causos do bolicho. Naquela época, tu eras tão ávido por conhecimento, por viver, fazer amizades, tinhas um brilho efusivo em teu olhar de gurizinho de campanha. E depois, concentrado nas palavras dos professores, raciocinando, planejando, aprendendo, escrevendo com o lápis sempre bem apontado por tua faquinha de prata. Um dia, a professora Dilcéa riu quando todos usavam o apontador, e tu, aquela xerenguinha que ganhaste de teu padrinho. Mas ficou quieta, ela, que era tua amiga, te compreendia e, há poucos anos, foi na praça da Vila Rica, quando lançaste teu primeiro livro, te dizer: "Sempre confiei em ti, meu querido aluno".

Volto para a Vila Rica e o revejo. Enxergo o galpãozinho de tábuas e com fogo de chão, ao lado dos cinamomos onde ele sentava com os peões para matear aos finais de tarde, depois de encerrar os terneiros e alimentar a bicharada naquelas friagens de junho, julho e agosto. Ah, e por detrás da taquareiras, os campos se abriam em quadras e quadras de campos, aqueles que nunca foram teus, mas pareciam, pelo olhar que tu depositavas neles. Debaixo das taquareiras, sobre os pelegos, sesteava, dormia e sonhava. Antes de me ir, vou sentar aqui e lembrar como eram doces aqueles dias, sem ter este amargo de hoje que trago na boca. Pensar nas coisas que queria, no que poderia ter sido e não foi. Entrou um cisco no olho e cresceu um cerro no peito, enquanto pela garganta escorre um gosto salobro e temporão...

Doces, memória e o rio

No livro *Santa Evita*, o jornalista e professor argentino Tomás Eloy Martínez afirma que todo relato é, por definição, infiel. A realidade não pode ser contada nem repetida. A única coisa que se pode fazer com a realidade é inventá-la de novo. De certa forma, é o que faço aqui desde que comecei a escrever essas *Campereadas*, em 2009. Todo domingo, aqueles que me acompanham recebem uma recriação do que ocorreu, isto é, pedaços do que aconteceu ou que deveria ter acontecido. A memória é um espelho que se estilhaça em milhões de pedacinhos que vamos, depois, com paciência de ourives, recolocando cada um deles no seu lugar e montando esse apavorante quebra-cabeça. O resultado nem sempre é exatamente a realidade e sim o que sobrou dela, recontada, inventada de novo. O que nos faz afirmar categoricamente que a realidade não existe, mas existe a invenção da nossa verdade.

Neste Domingo de Páscoa vou mirar meu rio de lembranças, este rio que me transpassa como uma adaga de aço, pétreo e líquido. Havia algo de amistoso naqueles domingos outonais, com gosto de caramelos e doces. Cheiros conhecidos das barbas-de-pau para os ninhos, das cestinhas de taquara e de vimes escondidas debaixo das camas. Não lembro do que comíamos nos almoços da Vila Rica depois de me empanturrar de pirulitos, sorvete seco, tijolinhos, gomas de mascar, balas, pãezinhos de mel e o puxa-puxa que grudava nos dentes. Minto, lembro sim do almoço de

Páscoa, um pernil de porco assado no forno do fogão a lenha, salada de maionese e uma garrafa de guaraná frisante. Tudo era simples, mas virava manjar, os doces, as brincadeiras para encontrar a cesta que o coelho escondia. Meu irmão sempre "via" o coelhinho e contava detalhes do pelo branco, dos olhos de sangue e até das marcas que ele deixava pela casa. Eu nunca o vi, mas confiava em sua existência, como existe para sempre no coração dos sonhadores. Até porque os sonhos bons são aqueles tão vívidos que se tornam realidade, nem que seja inventada.

Agora olho para as minhas mãos cheias de sulcos e no meio delas está o rio da minha infância, que começa bem fininho e vai se alargando, um fio grosso, um desaguadouro largo, um vau, um vão de saudade atroz. Cadê os doces? Sim, eles fugiram pelo meio dos dedos e se foram, não voltam mais. Pouco restou de tudo aquilo que sumiu, passou e deixou apenas o rastro amargo das lembranças.

A la putcha, mas deixei escapar esta lágrima teimosa que insistia em saltar por sobre a taipa do passado. Eu a segurei com as duas mãos, como quem tenta se salvar agarrado nos salsos enquanto enxerga o horizonte azulado das águas e a lua se insinuando pelo leito. Lá, ao longe, o zumbido das abelhas, aqui os grilos da madrugada. Já amanheceu, a manhã está radiosa, como aquelas de antigamente, e esta vontade louca de sair a procurar cestas pelos cantos, debaixo dos móveis, para adoçar pela última vez a garganta ressecada. Firmo a vista para o poente, para as nuvens do céu anilado, e vejo formas de cestas, coelhos e biscoitos. Embaixo de mim, a imensidão do Guaíba parece escorrer e escoar mais e sempre mais. A tarde morre enquanto eu renasço. A memória raras vezes encontra o lugar de seu extravio. Ela chora, eu rio.

Seiva da esperança

Fui visitar meu passado para sentir o gosto da infância, para recordar dos dias e noites na Vila Rica. Suspeitei que não estivessem mais lá, afinal, a vida costuma se transmutar, surgir em nossa frente com outra cara, quase sempre feia e triste. Errei. Vi vestidos coloridos ao vento, tremulando nos varais, mostrando que as novas Anitas estão lá, dentro deles, mudando o presente, apontando ao mundo a força de nossas mulheres. Como disse o colega jornalista e professor Juremir Machado da Silva, "Ah se Hollywood se interessasse pela nossa história". Quanta coisa linda poderia contar. Vi novos gaúchos montados em lindos pingos, homenageando seus ancestrais. Não eram mais os antigos gaudérios que apeavam no bolicho, em cavalos suados, de pelegos grandes sobre lombilhos. Eram estampas diferentes, atualizadas, outros arreios, Crioulos de pedigree. Gostei do que vi. Será que ando muito romântico? Não sei, estou numa fase em que vejo a metade do copo cheio. Perdoem-me. Depois que renasci, no dia 21 de dezembro de 2020, enxergo sóis de alegria em plena chuva de tristezas.

Ah, eu vi o pôr do sol castilhense por duas tardes que valeram uma vida. Se existe um lugar no mundo onde o sol se deita devagar, pintando aquarelas multicores, é lá onde me criei caçando preás com meus cachorros Toco e Cacique nos finais daquelas tardes domingueiras. Queria plasmar para sempre aqueles momentos, como uma fotografia, e ficar a olhar eternamente o Sul de mim mesmo. Esse mesmo

Sul que me moldou com sua primavera apaixonante, repleta de cantos de pássaros, com cheiro de graxa nas brasas, além do gosto de beijo doce do primeiro amor. Tudo isso estava lá, sem se mostrar assim tão diretamente. Apenas se esgueirava pelas macegas, sutilmente. Eu vi açudes azulados deitados nas várzeas estendidas. Eu enxerguei, de novo, a velha estrada de ferro por onde cruzaram tantos trens transportando grãos, animais, gente e sonhos. Lembro que um dia subi também num daqueles trens e me fui de tiro, vendo pela janelinha as variadas paisagens do Rio Grande cruzarem tão depressa, eu que vivia sempre ao trote do cavalo ou ao tranco lerdo do boi. Sim, fui buscar velhos sonhos, uns realizei, outros ficaram pela metade e outros, em pedaços, juntei-os e montei apenas um, em retalhos. Nunca reclamei daquilo que a vida não me deu, porque tudo o que existia no mundo fazia parte de mim. Há um potro sem dono dentro de mim pedindo cancha.

Voltei, mas fiquei lá, entre as vassouras do campo, entre a grama forquilha, por entre as lavouras de aveia e azevém, junto com as ovelhas, os cavalos e as tambeiras. Parte de mim veio, uma outra ficou por lá mateando nas madrugadas, chimarreando nos mesmos pátios pelos quais ainda perguntam por mim. Sempre fui eu e minha alma campesina, meu coração interiorano, esse meu jeito de ver o mundo por um prisma verdejante de coxilhas ondulando ao vento de setembro. Se um dia chegar atrasado para ver o pôr de sol castilhense, ficarei sentado, olhando para o céu só para ver as estrelas. Ah, querida terra da minha infância, olho para as minhas mãos enrugadas, cheias de sulcos, e as cravo nesta terra vermelha. Depois as retiro, sorvendo a seiva de que preciso, o sumo da minha esperança.

Só uma milonga

Eu preciso, sim, de uma milonga ponteada a capricho, dessas de se escutar mateando num final de madrugada, golpeando gole após gole, despacito, até a cuia roncar e se ouvir ao longe, contraponteando a melodia harmoniosa das seis cordas, um galo de peito aberto. Então, neste momento de paz e amplitude, a melodia me invade lentamente, invadindo meus poros e nervos, e o coração sarandeia, batendo no compasso sincopado das notas sem perceber, por instinto, como quem chaireia uma faca. A milonga ao violão prefiro para os dias reclusos e frios, de céu plúmbeo, enferruscado, para recordar os dias tristes que passaram e que, inexoravelmente, nunca mais voltarão. Para se ouvir nas longas madrugadas ao redor do fogo de chão, ao lado das labaredas que dançam em riba das brasas. Porém, a milonga ao som voluptuoso da gaita parece-me mais apropriada para as manhãs felizes, claras, de frente aberta, para os dias de primavera, desses que se desperta faceiro e disposto como ganso novo em taipa de açude.

Apesar dos avanços tecnológicos, ainda gosto de ouvir música nos programas radiofônicos tradicionais, nas poucas rádios que a esse tipo de programação ainda se dedicam. E as escuto em meu pequeno e inseparável radinho a pilha. Ah, amigos, "cada louco com sua mania", como gostava de lembrar seu Turíbio, meu parceiro de longas conversas naqueles agora já distantes anos do antigo bolicho. Olhando hoje para este pequeno companheiro lembro de outro, grande, que ficava sobre a mesa da cozinha, em que ouvi minhas primeiras milongas tristes, naquelas tardes de sábado, enquanto despachava atrás do balcão. De vez em quando, vinha um milongão desses de se acompanhar assobiando, alegre, com a gaita se abrindo como uma estridente gargalhada de galpão. Eu ficava a imaginar os foles espichados, depois se encolhendo, enquanto olhava pela porta a estrada de chão a se perder de vista. Então chegavam os gaúchos bem montados, pediam um trago de canha, uns copos de vinho tinto, um pedaço de salame e pão caseiro. Neste momento, a vida ganhava um sentido diferente.

Sempre tem uma milonga que diz aquilo que a gente está sentindo, ah, isso tem. Antes, gostava demais da voz e do violão do Noel Guarany, aquele jeito missioneiro de cantar opinando que, junto com o Cenair Maicá e o Pedro Ortaça, trazia um sotaque correntino que me parecia tão diferente aqui nessas plagas. Mais recentemente, quem faz esta alma campesina vibrar são as milongas do Mauro Moraes, principalmente as interpretadas pelo Bebeto Alves, as do Gujo Teixeira, cantadas por tanta gente buena, e as do Jairo Lambari Fernandes.

Porém, quando uma cordeona abre as asas ou as cordas do violão vibram ao vento, não me importa quem toque ou quem interprete. A emoção é sempre igual e diferente, mas juro que necessito dessas notas. Às vezes fecho os olhos e escuto, lá ao longe, os acordes do Zé da Gaita, que aos domingos sapecava suas chorosas milongas debaixo dos cinamomos ao lado do bolicho. Eu me sentava num cepo e pensava que aquele som era divino, pois fazia a gente sonhar e... chorar. Ah, puxa o fole Zé, puxa o fole e não pares jamais, porque agora, meu amigo, só uma milonga pode apaziguar meu coração.

Carta ao bolicheiro

Buenas, bolicheiro, como vais? Parece que estou te vendo atrás do balcão de tábuas, de calça curta e chinela de dedo, camisa de flanela, alegre e satisfeito, pesando um quilo de feijão na balança bico de pato, cortando um naco de fumo em corda, rindo por ter acertado o peso "na mosca", se despedindo dos clientes, correndo para buscar as vacas leiteiras e separar os terneiros num fim de tarde outonal. Ah, querido bolicheiro, eu sei que aprendeste a ler decorando rótulos de mercadorias nas prateleiras empoeiradas, que tinhas tantos sonhos, mas eu te acalmo, guri campeiro, todos eles serão realizados. Tu não sabes ainda, mas eu sei e te darei *spoiler*, como dizem hoje em dia, essa mania de abusar dos anglicismos para denominar coisas tão simples que em português têm tantos sinônimos. Eu só quero te dizer, bolicheiro, que tens muita vontade de subir no trem e partir para pagos distantes, mas sabes, querido amigo, quando fizeres isso, e sei que vais fazer, terás uma vontade imensa de voltar no tempo e experimentar tudo de novo atrás desse balcão sujo de banha, riscado a faca, que exala um cheiro forte de querosene e cachaça.

Saibas, bolicheiro, que vais sim te formar numa universidade federal, terás colegas que vão te ajudar, vais ler e escrever livros importantes, trabalhar em grandes veículos de comunicação, irás ter colunas em jornais, serás homenageado por teu trabalho como jornalista e escritor, receberás prêmios, mas tudo o que pensarás, nesses momentos, é estar de novo no Colégio Maria Rainha, brincar com teus colegas no recreio e ouvir os ensinamentos da professora Dilcéa. Tudo o que vais desejar, menino campesino, é estar outra vez na humilde biblioteca de tua cidadezinha pesquisando temas na Enciclopédia Barsa, é ler outra vez poemas do Juca Ruivo debaixo dos cinamomos, sentado num cepo tosco forrado com um pelego de ovelha Crioula.

Tu conhecerás lindas cidades, metrópoles mundiais, cruzarás diversos mares, viajarás em aviões modernos, farás coberturas de eleições na Europa. Pensa bem, bolicheiro, tu, que vivias entregando ranchos de casa em casa, de carroça, ajudando tua mãe Mirica, conseguir realizar esses sonhos, concretizar essas ambições... E tanta gente achava que estavas louco. E mesmo assim, tu vais lembrar de como era gostoso degustar um picolé Chicabon sentado na praça da Vila Rica numa tarde de verão. Depois, bolicheiro, tu pegavas tua bicicleta Odomo e voltavas para casa. Sim, tu vais viajar por tantos oceanos, mas até nessa hora, bolicheiro, tu vais te lembrar das sangas e dos lajeados onde pescavas lambaris prateados. Vais ganhar dinheiro para viver bem, vais comer em restaurantes, assistirá a jogos em estádios famosos, mas terás uma saudade imensa do pão quentinho recém-saído do forno e do campinho de rosetas ao lado das taquareiras. Sim, tu vais ter tudo o que parecia ser um sonho, mas depois te darás conta que era mais emocionante aquele tempo em que pensavas não ter nada, mas, na verdade, já tinhas tudo.

Ah, pequeno bolicheiro, quanta saudade eu sinto de ti. Tu és uma imagem plasmada na minha memória, uma recordação mais doce do que as pitangas ou as amoras. Tu és minha fotografia preferida da infância e, por isso, a guardo para sempre num escaninho secreto do coração.

Carta ao bolicheiro (2)

Meu pequeno bolicheiro, te escrevo de novo, pois tenho coisas importantes para te dizer. Tu sonhas em largar de tiro da Vila Rica para conheceres tantos lugares distantes, tu és mesmo um sonhador! Não te aflijas, guri campeiro, tu vais realizar teus sonhos, já te disse, mas confie em mim, aproveite o máximo que puderes enquanto andares por essas várzeas verdejantes, por esses caminhos de chão batido montado em teu cavalo Tostado, cujo nome é o próprio pelo. O potrilho teve a mesma sorte que tu, bolicheiro, ele não tinha lar e também se encantou com o seu Mendes, que lhe deu afeto e abrigo. E vocês dois se tornaram melhores amigos, um olhava para o outro e já sabiam o que ia acontecer. Aproveite, porque depois conquistarás o mundo só para te dares conta de que o melhor mundo que poderias ter estava ali, dos dois lados do balcão, nas prateleiras e nas tulhas, na balança, no balcão e nos arreios sobre o lombo dos pingos encilhados, que permaneciam por horas debaixo dos cinamomos.

Ah, menino de pés descalços, quantas coisas te esperam quando subires no trem para conhecer o mundo que sonhavas, que tanto buscavas naquelas páginas amassadas do antigo *Correio do Povo*, o jornal que aprendeste a ler nas poucas horas de folga que tiveste todos os dias. Esses dias começavam bem antes do sol despontar por riba das coxilhas, por sobre os caponetes de eucaliptos. Tu saltavas da cama de ferro, lavavas o rosto naquela pequena bacia descascada, te enxugavas com uma toalha áspera de algodão, feita de sacas de farinha de trigo, e corrias para ajudar tua mãe, dona Mirica, a tirar o leite das tambeiras, te arrumar e esperar o Amarelão, o ônibus que te levava para o Colégio Maria Rainha. Lembras, bolicheiro? Tu gostavas tanto de estudar, aprender sobre a história, a geografia e a literatura. Andavas sempre com uns livros regionalistas debaixo do braço, lendo Aureliano, Simões Lopes Neto e até uns autores estrangeiros como Vitor Hugo e Henry Miller.

Veja, guri campeiro, muitos anos depois tu vais te deparar com uma pandemia nunca vista por essas plagas, quando um vírus maligno vai levar embora muitos amigos teus, colegas, parentes, e tu mesmo vais te salvar por um milagre. É, piazito carroceiro, aproveite bem sua vida de pescador de lambaris prateados aos domingos de manhã, seja um inveterado caçador de preás nos banhadais do Cerrito, degustador de pitangas nas tardes longas de dezembro à beira das sangas. Porque depois, querido amigo, a vida te mostrará sua cara enrugada e triste.

Nesses anos, bolicheiro, tu estarás já com os cabelos brancos, terás pouca força no teu braço de laçador de vacas, verás os hospitais abarrotados de pacientes, tu vais te indignar com os governantes e nada poderás fazer. Serão dias melancólicos em que tu ficarás com o coração na mão, rezando por teus amigos nas UTIs, pedindo a Deus que se salvem como tu, que renascerás no dia 21 de dezembro de 2020, três dias antes de completares 58 anos. Tome banho de açude, empurre tua argolinha de ferro, jogue bolita, solte pandorgas, viva tua infância feliz porque depois, bolicheiro, virão dias sombrios. Faça tudo isso para poder, mais tarde, te recordar de tudo aquilo e dar, assim, um pouco de paz à tua alma campesina.

O poço

Estão ali de novo, os dois, olhando para o poço, o velho poço, como fizeram há 50 anos. Nem parece verdade uma coisa assim ter acontecido, ninguém acredita se a gente contar, melhor nem contar, deixar assim, só entre eles, parado, como aquela água cristalina e fresca que bebiam quando tinham... quanto mesmo? 18, 19? Por aí. Ah, mas eram tão felizes, ambos, ela aquela morena "florão de tropa", como ele dizia, brincando, repetindo as pirraças que o tio lhe contava. Ele, um guri macanudo, viçoso, criado no campo, tropeando, carroceando. Ela vivia na cidade, mas vinha quase sempre que podia para ficarem por ali, ao redor do poço, na chácara dos pais dele. Nem era tão longe, uns 40 minutos a pé, um tirinho curto, na saída da cidade.

– Foram tempos bons aqueles, né, Amado?

– Bah, loucos de especiais...

Depois de um silêncio que se seguiu, enquanto Amado servia o mate e passava para as mãos já enrugadas de Nena, o cusco Tigre se aproximou, cheirou as bombachas do dono e se deitou enrodilhado, como que querendo ouvir a conversa do casal de mateadores.

Ah, amigos, o colóquio foi animado, longo e carinhoso. Haviam se reencontrado, Amado e Nena, quando não parecia mais possível. No passado, quando ele foi servir o Exército em São Gabriel, a perdeu de vista por alguns anos. Quando voltara à Vila Rica, Nena estava casada e com filhos. Amado sentira-se perdido, desorientado e passou a beber muito, vivendo com pessoas bem diferentes dele, até que decidiu tentar a vida noutros lugares. Percorreu o Estado, trabalhando aqui e ali, fazendo de tudo. Por fim, decidiu largar os pequenos empregos, juntou as economias, mais a venda de um pedaço de terra de herança e comprou um caminhão. Durante anos conheceu tantos lugares, tanta gente, fez inúmeras amizades, loucos amores, mas sempre lembrava da Nena. "Deve estar cheia de filhos", avaliava. Ele teve um filho lá no Mato Grosso, que agora estava um homem feito, cursando universidade. O vê pouco, mas com o advento da Internet, conversam pelo celular.

Ela passara a vida esperando-o, apesar da situação. Tornara-se professora do Ensino Fundamental, gostava de plantas, flores e fazer pequenas esculturas em madeira, desenhar, escutar antigas canções italianas. Muitas vezes, mesmo durante o casamento, pensava em procurá-lo, mas nunca teve coragem. "Não deve querer me ver", raciocinava. "É uma artista", lembrava Amado nas madrugadas em que perdia o sono pelos caminhos do Brasil Central, em meio ao calorão insuportável da boleia, onde dormia. Assim como ela, nunca a procurou. "Nem lembra mais de mim", avaliava erroneamente, porque assim é a vida, assim ocorrem os desencontros.

Agora se acharam por acaso. Ele voltou à cidade para o enterro da mãe, que morrera com mais de 90 anos. Alguém disse-lhe que ela estava separada. Neste dia, pela manhã, a encontrara no supermercado e a convidara para tomar um mate. "Lá perto do poço", brincou. Ela riu. Agora estão ali, outra vez, solitos, eles e o passado. Ela era calma e tranquila. Ele, um remanso, água de rio. Nena queria ser puxada por um balde. Amado queria sossegar e ficar ao lado dela, quieto, como água de poço.

Pelos alambrados

Modesto Della Giustina era descendente de italianos e fazia jus ao nome em sua simplicidade. Morava em uma humilde casinha de madeira com um terreno comprido perto dos trilhos, na periferia da Vila Rica, com a esposa e três filhos, duas moças e um guri dois anos mais velho que eu. Tinha orgulho de responder, quando perguntado sobre sua profissão: "Alambrador". Era dos buenos, dos melhores que conheci lá pelos pagos da Vila Rica. Calmo e meticuloso, tinha uma charrete com toldo, que ele chamava de "gaiota", puxada por um tordilho manso. Na sua gaiota carregava suas tralhas, como pás, picão, máquina de espichar arame, arco e puas, socador e duas caixas de madeira. Numa carregava ferramentas e, na outra, materiais de cozinha. Também havia feito uma barraca de lona, que armava quando precisava se instalar num fundão de campo e passar até um mês, fazendo buracos, cravando e socando mourões, espichando fios lisos e farpados, fazendo estroncas e bonitas porteiras. Tinha mãos grandes, calosas, os braços cheios de cicatrizes, mas era um criatura doce e amável.

Seu Modesto volta e meia parava, nas segundas-feiras, no bolicho lá de casa. Comprava querosene, arroz, erva-mate, sal, açúcar, café e uma garrafa de cachaça. "Não é pouco, seu Modesto?", perguntava. "Vou trabalhar, não vou me emborrachar. Tomo só um gole antes de dormir", como se devesse alguma explicação para um guri bolicheiro e metido. "Sexta-feira tô de volta, passo no fim da tarde."

Sempre cumpria a palavra. Eu o esperava com um aperitivo feito no capricho, cachaça, limão e uma colher de mel. Quando terminava o serviço se permitia outro gole fora do horário habitual. Tomava seu trago e depois se despedia, tranquilo, como sempre fora. Às vezes carregava junto um ou dois ajudantes, quando o trabalho era maior, não mais que isso. "Muita gente dá problema, também não são todos que aguentam essa lida bruta. Tem que comer 'ubre' de vaca, polenta, ovo e feijão mexido, senão não aguenta o coice do socador", garantia.

Dia desses fui à antiga Vila Rica e enxerguei, na estrada para os lados de Tupanciretã, uma das últimas cercas feitas pelo seu Modesto, para depois de São João do Barro Preto. As tramas estavam apodrecidas, os mourões carcomidos pelo tempo. Mas resistem, como ele resistiu bravamente, como um cerne de coronilha, até os noventa e tantos anos. Soube, muito tempo após ter ganhado o mundo, que seu Modesto havia partido num início de inverno depois de trabalhar a vida inteira naquele ofício antigo, duro e mal remunerado. Dizem que o último alambrado que ergueu foi ao redor do velho cemitério rural do Rincão das Gamelas, onde pediu para ser enterrado.

A canção *Desalambrados*, de Silvio Genro, interpretada por César Passarinho na 23ª Califórnia da Canção Nativa, de Uruguaiana, assim dizia: "Ah, esses peões que erguem alambrados/ O mundo ensinou-lhes a vida por partes/ Os fez tão sábios, artesãos da lida/ Que os tornou escravos de sua própria arte/ Que o vento minuano/ Que dizem dedilha/ Mansas milongas na pauta dos alambrados/ Um dia incorpore também aos seus cantos/ Acordes que acordem os injustiçados...".

Borralhos mortos

Vem, minha vida, traz de novo as fogueiras que crepitavam no meu peito naquela época de guri, um tempo já tão distante, perdido na poeira do esquecimento. Embora a névoa, eu lembro bem, como se fosse hoje, das chamas que lambiam a noite escura e fria de junho, dos cheiros do pinhão assado na chapa, da pipoca, da canjiquinha, da polenta com queijo, do gosto do quentão e até dos olhares azulados da Belinha, tão linda num vestido de algodão por cima de umas meias grossas de lã. Ela, que pouco ou quase nada falava comigo, nessas noites de São João vinha toda faceira, com suas longas tranças douradas, me oferecer um merengue, uma rapadurinha que havia feito, um amendoim doce. Eu perdia o fôlego, mas aceitava me tremendo todo, com o coração aos pulos, tentando disfarçar. Mas ela sabia de tudo, ou intuía. Ah, amigos, não me venham falar de saudade porque a que carrego eu remoo todos os dias dentro dos escondidos escaninhos da minha tristeza.

Era assim: no dia marcado, quase sempre na noite do dia 24, eu e meu amigo Clécio Dal Forno começávamos, no início da tarde, depois do colégio, a recolher galhos secos, taquara verde, troncos perdidos ao redor das sangas, eucaliptos, cinamomos e às vezes algum pedaço de madeira de lei caído pelos matos. Fazíamos uma varredura, não sobrava nada ao redor dos ranchos, mas em compensação a lenha para a fogueira estava garantida. Habilidoso, o Clécio fazia um buraco ao lado da cancha de bocha, onde um comprido varão era fixado, e tinha início a montagem da fogueira. Lá no alto, colocávamos, com a ajuda de uma escada comprida, alguns pneus velhos, que pedíamos para o Antonio Pithan, que trabalhava em uma oficina mecânica. Eram esses pneus que garantiam um fogo bom e alto, pois ficavam atados na ponta da vara. As taquaras verdes tinham o objetivo de proporcionar os estalos, pois naquela época não havia rojões nem fogos de artifício. Era tudo natural, assim como a nossa alegria, que transbordava "mesmo, de fato", como dizia a bodegueira dona Mirica, minha mãe. Para essa faina acabávamos dispensados, eu e Clécio, das atividades rotineiras, e, por isso, nos sentíamos importantes e caprichávamos mesmo em tal trabalho.

Depois, à noite, quando começavam a chegar os vizinhos, cada família trazia alguma coisa mais ou menos preestabelecida. Dona Alzira era famosa por sua canjica e seus bolinhos de milho. Seu Orcy, pai do Clécio, dispunha uma mesa com vinho colonial que ele produzia, mandioquinha frita e polenta assada no disco. Nessa noite, a gente tomava uns goles de vinho porque havia uma liberalidade no ar. Outros traziam morcilha, salame e queijos. Dona Mirica fazia, no dia anterior, uma fornada de pão caseiro e oferecia junto algumas tigelas com manteiga e nata frescas. A farra era grande, meus amigos, e continuava até as brasas da fogueira ainda terem um pouco de chama ou até o gaiteiro, seu Lara, cansar.

Eram tão lindas aquelas noites, com tanta amizade, brincadeiras, danças, anedotas, risadas e fartura. Noites que vivem na memória. Eu mexo e remexo nessas brasas, mas agora elas não esquentam, sobraram apenas cinzas de um tempo perdido, que não volta mais. Não existem brasidos nem calor, apenas a sensação gelada de um borralho esquecido numa noite morta.

Banho de chuva

Dona Aninha segura a mão gelada de Cleto e um arrepio percorre-lhe o corpo já velho e cansado de antiga mulher interiorana que acabou vindo morar na Capital, seguindo o marido. Olha para aquele rosto tão amado, os poucos fios de cabelo que lhe restaram, e para as mãos grandes, com dedos longos, algumas cicatrizes que ela conhece bem. Sente uma imensa bola na garganta e não consegue falar nada às amigas e aos poucos parentes que vieram para o velório e o enterro. Também, nesses tempos de pandemia todo mundo anda apavorado, com medo. Enquanto arruma a máscara, lembra quando conhecera Anacleto, ainda lá na escola da Vila Rica. Estavam no terceiro ano. Não, não, foi na quarta série, ele era bonito, alto, olhos pretos e vivos, gostava de declamar versos, andava com livros de poetas debaixo do braço. Desde o primeiro dia sentou na classe à sua frente, e quando se virou e a encarou firme, no fundo dos seus olhos, ela se arrepiou, como agora, e nada disse.

Com o passar do tempo, viviam grudados. No recreio, depois que comiam o lanche, Cleto lia trechos de contos de Simões Lopes Neto, poemas de Aureliano de Figueiredo Pinto, e dizia: "Escuta isso". Ela ficava quietinha, escutando, enquanto olhava lá na quadra de cimento os outros meninos jogando bola. Ela admirava o amor dele pelos livros, pelas histórias de assombrações e mistérios. Ele era muito bom em matérias de Humanas, enquanto ela tinha facilidade para a área de Exatas, matemática, física, etc. Foram crescendo e lá pela 8ª série começaram a namorar de fato, apesar de que sempre se amaram, desde o primeiro dia que se viram. Foi numa excursão de fim do Primeiro Grau, quando conheceram as cidades da Serra Gaúcha. Dormiram abraçados no ônibus. Quando ela acordou, estava sendo beijada por Cleto e, sem medo ou vergonha, retribuiu, porque já estava acostumada com seu cheiro.

A capela mortuária está movimentada, apesar dos avisos de "Proibido aglomerações". A pandemia piora dia a dia, uma tristeza. Cleto nem chegou a ser vacinado. Ela tomou vacina, mas ainda sente medo da doença. Dona Aninha pressente que começa a chover lá fora, e aqui dentro recorda dos inúmeros banhos de chuva que tomaram juntos quando saíam da escola e iam para casa. Moravam perto. Ela, ao lado dos trilhos, numa casinha branca, de madeira, com os pais e mais uma irmã mais velha. Ele, lá perto do CTG, numa chácara da família e um bolicho. As brincadeiras na chuva se seguiam em casa, antes do banho de verdade e a roupa seca. Cleto tinha um irmão mais novo que adorava a lida campeira, mas ele não, gostava mesmo era de ler e recitar versos. Ela se tornou professora e ele radialista e escritor. Casaram, moraram na Vila Rica e depois o marido foi chamado por uma grande emissora da Capital.

Depois do enterro, dona Aninha sai junto com algumas amigas para a rua. Enquanto espera a filha buscar o carro num estacionamento, fica a observar duas crianças que passam rindo e tomando banho de chuva. Dona Aninha pensa que parecem eles há mais de 60 anos lá na Vila Rica, deixando a escola também e indo para casa. As duas crianças, um menino alto e uma guria mais baixa e franzina, estão começando suas vidas. A dela, como a de Cleto, está chegando ao fim...

O poder das palavras

O tropeiro atou o cabresto do mouro numa trama, debaixo dos cinamomos, puxou a gateada e o bragado para o lado, afrouxou os arreios e caminhou devagar para o bolicho. Na porta, tirou o chapéu e sentou-se no banco de tábua. Mostrava tanto cansaço quanto os animais. Era um homem velho, com barba de uma semana, e havia meses que não cortava as melenas já brancas. Ficou ali, tomando um aperitivo de cachaça com bitter, calado, olhando a estrada real. Chamava-se Amado Constâncio. No segundo e último copo, me atrevi a perguntar se tinha acontecido algo, porque estava tão calado. "É melhor falar pouco, amigo Paulinho, quando estou triste ou brabo falo menos ainda. Nessas horas costumo dizer coisas que não devo." Uma hora e pouco depois, ele montou no mouro e largou de tiro rumo ao Cerro Azul, onde tinha um rancho numa pequena chácara, um lagoão na frente, duas vacas de leite, umas ovelhas, cinco cachorros e um gato preto. Antes de dobrar na Esquina Maboni, deu de rédeas e voltou a galope. Esbarrou na porta do bolicho e gritou sem apear: "Escreva sobre a palavra, a palavra condena ou salva...".

Hoje, meus amigos, nem sei se o seu Amado disse mesmo aquilo ou sonhei que tenha dito. Agora, na verdade, pouco importa. Lembrei-me desta passagem curiosa dias atrás, quando participei do Congresso Nacional do Livro On-Line, o Poder das Palavras, em uma conversa animada com as jornalistas Simone Lopes e Ivania Backes. Foi um evento interessante, no qual abordamos a procura incessante pela palavra, desde os segredos dos hieróglifos dos egípcios, o fascínio da escrita cuneiforme dos sumérios, o enigma da Pedra de Roseta, as inscrições na Ilha de Páscoa, o eslavo, o grego, o latim e por aí afora.

Desde a antiguidade, o homem vem se esforçando para obter uma forma de comunicação perfeita. Foi a linguagem que proporcionou a evolução da humanidade e suas conquistas. Ao mesmo tempo, por contradição, se a língua salva, ela pode também se tornar a própria perdição da raça humana. Não é mesmo?

Hoje eu procuro nas palavras que escrevo uma forma de me reaproximar do campo que deixei, das coxilhas verdejantes da antiga Vila Rica, tudo o que ficou lá, dormindo na memória. O maquinário das granjas inverteu as cores, a grama forquilha e o trevo deram lugar às lavouras, mas ainda, aqui e ali, se encontra um capão de mato, um potreiro que resiste ao tempo, guardando os ninhos de quero-quero. E as árvores nativas, já tão poucas, onde pousam os bem-te-vis, os sabiás e os rabos-de-palha.

É nas palavras que me redimo com o lugar onde cresci, onde aprendi a amar o torrão pampeano, a compreendê-lo e a preservá-lo a todo custo. São essas *Campereadas*, que publicamos desde 2009, que me levam de volta para lá. De novo, em um outro sonho, chego montado no Tostado, só com um pelego no lombo, e apeio no antigo bolicho. No meio da lavoura de soja, olhando para a tapera, digo: "Sou eu, minha terra, o guri bolicheiro, retorno para cumprir o pedido e a profecia do peão de tropa. Somos nós, eu e minha alma, mais as palavras bem ditas. Voltamos para nos salvar, para atiçar o fogo do borralho e tudo recomeçar. Sou eu, seu Amado, agora o tropeiro, aquele que reponta as palavras no rumo da eternidade".

O pealo da vida

Era um homem jovem ainda, 50 e poucos, por aí, mantinha os braços fortes com marcas de quebraduras, vivera sempre naquela lida bruta de estância em estância. Era uma segunda-feira, madrugaram para principiar o serviço mais cedo, o capataz mandara castrar e marcar um lote de novilhos desmamados. Então, viu o jaguané correr rente à mangueira. Reboleou o laço de armada curta, com duas rodilhas apenas, e lançou o tiro certeiro nas mãos, o bicho trocou de ponta e os companheiros chegaram para apertar, um botou o sovéu nas patas, outro torceu a cabeça. Ele ficou ali, recolhendo o laço de 12 braças feitio do finado Artidor, lá do Cerrito. Olfateando esterco, olhou para o nascente, viu a bola de fogo que clareava o dia. Foi seu último pealo, o derradeiro tombo que dava num pavena. Em seguida, sentiu uma patada no peito, as coisas ao seu redor começaram a rodar e caiu, sujando a bombacha preta de favos com o verde da bosta do novilho. "Merda", gritou Tonho Maidana, enquanto outros dois peões levavam o laçador até o galpão grande.

Quando o patrão chegou, levou Gilberto Sereno Ichuparry de La Cruz, o Gibão, para o Hospital da Vila Rica. Fizeram exames, constataram o rompimento de uma veia perto do coração e marcaram cirurgia. Começavam as horas finais da vida do campeiro que fazia bonito numa marcação, num rodeio de coxilha, no preparo de um assado em dia de festa, do dançador de xotes em bailongos beira de estrada, do exímio castrador, do domador respeitado, do peleador de adaga, do consagrado e disputado peão por todos os estancieiros do antigo Durasnal. Na véspera da cirurgia, sonhou com a infância no povoado de Masoller, no Uruguai. A mãe fugira dias antes da batalha entre blancos e colorados, aquela em que Aparício Saraiva foi ferido de morte. O avô, Gilberto Ichuparry, era federalista e morreu lutando pelo chefe, que peleava com um pala branco nos ombros, de peito aberto, de espada na mão, destemido, à frente das tropas e, por isso, acabou ferido por um disparo de Mauser dos colorados. Os blancos lutavam com espadas, adagas e lanças. A mãe de Gibão, Firmina Ichuparry, a dona Mina, sempre falava dessas batalhas e das peripécias dos irmãos Aparício e Gumercindo.

Foi no dia 2 de novembro de um certo ano dos 1900 que Gibão se despediu deste mundo. Havia nascido num Domingo de Páscoa, num ranchinho perto da Cascata do Ivaí, lugar pelo qual sua mãe se apaixonara e vivera com outro peleador uruguaio, Juan Ignácio de La Cruz. Quando o pequeno Giba nasceu, o pai se mandou pra Vichadero e nunca mais voltou. Ou era Santa Clara de Olimar? Bueno, agora não importa mais nada, está tudo acabado. Mas dona Mina o criou forte e trabalhador.

Contam que Gibão nunca se casou, mas teve uma filha, fruto de um relacionamento fugaz que teve numa viagem a São Borja. Antes de morrer, pediu que a chamassem, sabia o nome e que trabalhava numa cooperativa. Quando Angélica chegou, finalmente conheceu o pai. Ele mandara muitas cartas, mas ela nunca o perdoara. O pequeno Gilberto, de 2 anos, era a cara do avô, que morrera fazendo o que gostava, pealando a vida numa mangueira de pedra.

(P.S.) Quem me contou a história foi a própria Angélica. Ela se formou em Jornalismo na UFSM e atualmente tem um blog de notícias numa pequena cidade do Interior.

Gemada e o teco-teco

Ainda hoje, quando fecho os olhos nessas noites de invernias, ouço barulhos, roncos de motores, apitos, buzinas que marcaram minha infância naquela tão longínqua Vila Rica. Era apenas um guri, e o senhor e a senhora sabem que nessa idade, geralmente, pelos nossos internos, não existe lugar para tristezas ou prantos, mesmo que a vida seja dura. Eu orvalhava madrugadas, pescava lambaris prateados, sorrateiros e trovadores, laçava touros brabos em coxilhas verdejantes, desafiava fantasmas na calada da escuridão. E conversava com as nuvens. Era um imagético. Solitário e campeiro, proseava solito e muitas vezes com companheiros inventados. E, nas pescarias de sanga, sempre fazia uma trova de improviso para qualquer peixe que fisgava. "Não tenha medo de mim, bagrezinho sofredor, eu sou um piá teatino, me criei no corredor, mas pra fisgar sou ligeiro, tenho sangue pescador..."

Às vezes, ou quase sempre, eu respondia por eles: "Tenha pena de mim, tu tem mais o que comer, tem o campo e tua casa, e um mundo pra conhecer, e eu, coitado de mim, só tenho o rio pra viver...". Quando terminava a trova já devolvia o peixe pra sanga, açude ou rio. "Cadê os peixes?", perguntava dona Mirica, "tu é ruim de caniço, hein, guri". Não me importava com a mãe, achava que os peixinhos tinham que aproveitar a vida deles, como eu. Por isso pescava sozinho, pra ninguém ouvir meus versos, tolos e simplórios, nem rirem de um campesino que tinha pena de peixe. E olha que era bom de pescaria.

Felizmente, sempre tive facilidade em fazer amizades. No início, em nosso bolicho, com todos os clientes, gente humilde e sofrida. Depois na escola, sempre rodeado de amigos. Mais tarde, no quartel, na faculdade, e seguiu nos empregos e trabalhos. Isso me enche de orgulho, porque sem amigos, vocês sabem, não somos ninguém. Hoje, quero apresentar a vocês meu novo amigo, o conterrâneo Tailor Diniz, jornalista dos buenos, um escritor respeitado e sensível, e ainda artista plástico, que encontrei por meio desta coluna *Campereada*. A imagem que lembro neste texto é dele. A obra me trouxe duas lembranças dos tempos que andava de calca curta e pés descalços, abanando pro mundo, pedindo rédea e cancha.

A primeira, o Amarelão, o Gemada, como era chamado o ônibus que pegava para ir para o colégio. Ele pertencia ao governo do Estado, mais precisamente à Estação Experimental, o Posto de Sementes, como diziam. A segunda, um teco-teco lá no alto, porque havia um campo de pouso ali perto. Eu gostava de andar no velho ônibus, mas sonhava um dia viajar de avião, conhecer outras realidades, outras culturas, porém era apenas um pequeno bolicheiro. Um dia, seu Turíbio me disse: "Sonho sonhado muitas noites vira verdade". Eu acreditei. Lia e sonhava. Estudava e sonhava. Hoje sigo sonhando, sigo voando, sigo lembrando do velho Gemada, dos aviões, dos amigos que deixei pelo caminho, dos tantos que foram tropear noutras dimensões. Mas tudo que a vida tira ela devolve em dobro. Como o Tailor, que não conheci lá, mas encontrei agora. Porque a arte nos aproxima de Deus e faz a gente enxergar ônibus amarelo na esquina e, lá no infinito do céu, um bando de teco-tecos sonhadores.

Os burrinhos e a enciclopédia

Olhando para a Enciclopédia Barsa, disposta no espaço mais nobre de minha biblioteca, presenteada pelo meu pai biológico, o intelectual e tradutor Donaldson Garschagen, que encontrei em 2007, recordo daquela longínqua noite de inverno na Vila Rica. Tínhamos fechado o bolicho, jantado e estávamos nos aquecendo ao redor de um fogareiro a carvão. Então criei coragem e falei ao pai, José Mendes, o tropeiro, que um vendedor de livros havia aparecido no colégio e oferecido obras, entre elas uma linda enciclopédia, mas que era muito cara. Então perguntei se havia a possibilidade de a gente comprar algum dos outros livros, mais baratos. O velho Mendes tragou seu palheiro, deu uma baforada e ficou quieto, pensativo. Um silêncio se fez na cozinha e segurei a respiração. Pensei que, talvez, fosse sofrer uma reprimenda, mas me enganei. De olhos marejados, seu Mendes disse: "Somos pobres, sem dinheiro, mas encomenda os livros que tu gostou. Vou vender os burrinhos. Chega de burros aqui em casa".

E assim, dias depois, o homem de mãos calejadas, quase analfabeto, que só assinava o nome, vendia a parelha de burrinhos que usava na lavoura e me repassava o valor para adquirir a Enciclopédia Globerama. Lembro que alguns colegas, filhos de fazendeiros, arregalaram os olhos quando me viram carregar aquele volume de livros. Certamente reprovavam a família pobre, que tinha um bolicho, uma pequena chácara, investir um valor tão alto em livros. Por anos, li e reli todos os volumes. Cheguei a decorar trechos e me encantei com as imagens de civilizações antigas e batalhas históricas. Lembro que o pai se orgulhava de minhas boas notas em um colégio caro, que eu só frequentava graças a uma bolsa de estudos. Às vezes, dizia para amigos: "O guri gosta de livros, já avisei para que, quando eu morrer, mantenham ele no colégio. Assim não vai sofrer tanto como eu, que perdi a saúde nas lavouras de arroz". Era verdade, filho mais velho de uma prole grande, perdera o pai aos 14 anos e tornara-se arrimo da casa. Nunca frequentou uma escola, nunca foi a festas, mas era alegre, solidário e sábio.

Quando o pai morreu, eu recém havia passado no vestibular da Universidade Federal de Santa Maria, mas tive que prestar o serviço militar. Creio que o velho partiu feliz por ter me "encaminhado na vida", ou como jornalista, que me tornei, ou na carreira militar, que ele sonhava que eu seguisse. Mas optei pelo mundo das notícias, pelo qual havia me apaixonado lendo velhas edições do *Correio do Povo* que ele encontrava abandonadas e me trazia.

Há poucos anos encontrei Donaldson, que fora diretor da Enciclopédia Barsa. Contei-lhe sobre o caso dos burrinhos. Emocionado, disse-me que era um dos gestos mais nobres que tinha ouvido ou lido. "Seu Mendes foi um grande homem." E choramos abraçados. Trago aqui, hoje, esta história do cuidado e zelo de um pai adotivo em prol de um filho que escolheu criar e dar-lhe uma boa educação. E o reconhecimento do pai de sangue, que não pôde criar o filho e soube que este foi muito bem orientado. Dois homens tão distintos e tão semelhantes. Obrigado, meu pai Mendes, durma em paz seu sono eterno. Obrigado, meu pai Donaldson, não desista de viver. Amarei vocês até a última campereada.

É o teu guri

Sou eu, mãezinha, o teu guri, o Paulinho, lembra? Ah, Mirica, faz tanto tempo desde a última vez que nos vimos. Eu recordo sempre de ti, todos os dias da minha vida, porque ela só foi possível para mim em função de ti. E olha que não me pariste. Quem me pariu foi a Anália, que não pôde me criar por ser tão jovem. Tu foste a Cacequi me buscar e me levou para a Vila Rica. Mais filho, e tu foste ainda mais mãe, porque o fez por decisão, por gosto. Como tens passado, mãezinha? Estão te tratando bem aí? Creio que sim, tu sempre foste tão simples, calma, vendo tudo de um jeito positivo. Qualquer canto te serve, não é, Mirica? Tu me ensinaste a ser assim, por isso te agradeço. Quantas vezes te agradeci, Mirica, nem sei mais, mas parece que sempre é pouco.

Aprendi a rir do mundo contigo. Tu dizias, "temos que brincar, senão a vida fica amarga demais, difícil de ser vivida". Tu contavas causos, criava, inventava, por isso eu estou aqui, também contando histórias que os eleitores tanto gostam. Eu estou feliz, Mirica, sabia? Estou, sabe por quê? Porque muitas pessoas gostam do meu trabalho, mandam mensagens, se identificam, isso não tem preço, mãe. Trabalho, você sabe, ao lado de tantos colegas queridos que me respeitam, que me ajudam. Tudo isso tu me ensinou, a ser amigo dos amigos, ser parceiro, ser solidário, brincar, zoar, mas estar sempre ao lado para o que der e vier. Eles confiam em mim.

Lembras da pandemia, Mirica? Só sobrevivi à doença por tua causa, eu acredito nisso. Foste tu que me deu força quando, numa madrugada, achei que ia sucumbir. E, no auge na minha exaustão, da falta de ar, te vi na minha frente me mandando viver. E quando vieram os enfermeiros verificar os sinais, tirar o sangue, meus números haviam melhorado e, dali para frente, comecei a me recuperar. Ah, Mirica, tu nunca me deixa solito, não é mesmo? Que seria de mim sem a tua presença? Agora, que não estás mais aqui, é quando mais te sinto junto a mim. Como pode isso?

Mas sinto saudade. Do teu cheiro, da tua voz, dos teus olhos gateados, da tua mão cheia de calos acariciando e penteando meus cabelos antes de ir para a escola. E do teu sorriso. Tu rias como um clarão de alvorada, franca e sincera. Daquele teu jeito de reconhecer um "calavera", um falso. Das tuas previsões sempre certeiras do tempo e da tua delicadeza campeira de dizer que me queria por perto. Guardo umas fotos nossas, como aquela do dia de minha Primeira Comunhão, quando te vi chorando pela primeira vez, tu, que nem era tão religiosa assim.

Hoje, queria voltar no tempo, Mirica. Fazer doce de leite no tacho de bronze, te ajudar a tirar leite na mangueira. Beijar-te e abraçar, o que fiz muito pouco. Eu era um guri, mãezinha, depois adolescente, parecia que o mundo corria, passava depressa. Agora, peço perdão, peço desculpa, na época, não sabia o que sei hoje. Tu me perdoas, mãezinha? Ah, sei que sim, teu coração é tão doce, como aquelas compotas que fazíamos em serões escutando música no rádio. Tenho a pretensão de dizer que fomos felizes, Mirica, tu não achas? Me espere, Mirica, qualquer dia apareço por aí. Mas um detalhe, quero que venhas me buscar de novo, mãezinha. Para que eu não tenha medo e sinta outra a vez tua mão me carregando.

Pão, pães e razões

Ah, meus amigos, a vida pode ser curta, pode ser dura, pode até ser dolorida, mas também é deliciosa e doce, como um pão quentinho recém-saído do forno. O senhor e a senhora não concordam comigo? Minha mãe era exímia contadora de causos, cozinheira de mão cheia, mas os pães dela eram uma coisa fora do comum. Gente da cidade vinha fazer encomenda, mas ela levava uma vida sem pensar em dinheiro. Vendia um, dois, nada mais do que isso. "Gosto de fazer pão para o consumo próprio e para nossos bichinhos", costumava dizer, rindo. Ela nunca se queixava de nada. Como eu admirava esse jeito simples de mulher humilde, desprovida de vaidade, que privilegiava a amizade, a sinceridade e a honestidade. Executava tudo devagar, com calma e paixão, imersa em seu pequeno mundo, um universo de sabedoria.

Além dos pães normais que produzia nas fôrmas feitas de latas de azeite Primor e outros recipientes, a bolicheira ainda tinha paciência e senso de humor para esculpir na massa diversas imagens de bichos, figuras e caretas em bolachinhas de formatos engraçados, que assava e depois repartia entre os filhos e a gurizada da vizinhança, que vinha pela cheiro. Algumas vezes o trabalho artesanal ficava tão encantador que a gente ficava com pena de comer e deixávamos a bolacha ou o pãozinho endurecer. Nesses dias de fornada de pães, ela cumpria um ritual que já contei, mas vou contar de novo. Antes de qualquer coisa, Mirica abria a porta do forno, retirava o maior pão, abria, deixava esfriar e chamava as galinhas, patos e perus com seu grito tradicional de pipipiii... pipipiii... Vinham galinhas, cães, gatos, terneiros, ovelhas, até o Tostado ganhava um naco do pão. Era uma festa no terreiro. "Primeiro os bichos, eles são presentes de Deus", sentenciava a campesina de olhos gateados.

Também havia os dias em que íamos à cidade e ela me perguntava se queria alguma coisa. Então, pedia para comprar um pão d'água, daqueles grandes, de meio quilo, que na época os padeiros enrolavam num papel de embrulho branco, deixando aparecer a ponta. Quando chegávamos em casa, o pai dizia: "Para que compraram isso, é pura água". Mas arrancava um pedaço e comia com prazer. "É ruim", comentava. E seguia comendo. Eu e o meu irmão ríamos, mas não dizíamos nada, claro, para não irritar o teimoso tropeiro, que nunca dava o braço a torcer. O pão da padaria era diferente, era uma das poucas novidades que tínhamos em casa. E aproveitávamos para comer com chimias de abóbora, de banana, com geleia de pera, de figo, de melancia ou de pitanga.

A vida é curta sim, mas é tão linda... Por isso agradeço todos os dias quando acordo. Lavo o rosto e vou à padaria buscar pão para saborear com nata e mel, recordando aquele tempo na minha querida Vila Rica. Lembro da mãe, do pai, do irmão, dos cachorros, dos gatos, das vacas de leite e do Tostado. Então me transporto às cheirosas manhãs de setembro em que dona Mirica assava os melhores pães que já provei. Eram bons em razão da técnica que ela usava ou será pelo amor que guardo? Seria a saudade? Pode ser. Mas às vezes sonho que estou no terreiro, ao lado da venda, rodeado de amigos, mateando, escutando Teixeirinha no rádio e comendo rapadura com pão. Quentinho, recém-saído do forno.

O que fica esquecido

Tanta coisa fica esquecida nesta vida, o senhor e a senhora concordam comigo, tenho certeza. É tão triste ver aquilo que fez parte da nossa vida, ou da vida de alguém, assim, em pedaços, apenas vestígios, soltos, abandonados, sem mais serventia, pendurados, largados, deixados ao léu. Objetos que serviram ao braço campeiro, que estavam sempre à mão do peão mais gaúcho, que foram importantes, fundamentais até. Um freio, um par de rédeas, um laço de doze braças, um basto, que era um trono em cima do lombo de cavalo. Eu já vi tanto disso nesta minha vida que me dói, me machuca enxergar esses apetrechos nos cantos, deteriorados, enferrujados, tapados de teias de aranha num esteio dentro de um galpão de estância. Ficam também pelas chácaras, nas casinhas simples das periferias desses povoados do Interior.

Dia desses voltei à Vila Rica, ao rincão onde me criei. É dolorido ver os restos do que fui, sobras de um tempo que foi tão lindo. Sim, eu sei, a vida vai em frente, não para, se transforma. Surgem novos personagens nessa peça que nunca termina, aparecem, naturalmente, os novos atores. Então, os ultrapassados saem de cena e ficam as imagens, os cenários e alguns pedaços espalhados. Procuro velhas nuances, mas não as encontro. Vez por outra aparece um sinal, aqui e ali, entre as lavouras de soja. Os pontos geográficos servem para localizar antigas moradas, quase todas desaparecidas. Casas novas. Felizmente, ficaram uns galpões caindo aos pedaços. Num desses encontrei, por exemplo, um par de esporas que pertenceu a meu pai, José Mendes, o tropeiro. Foi uma das últimas que ele teve, adquiriu já quando estava velho, até porque só as calçava quando ia tropear. Ele dizia: "Um gaúcho nunca machuca seu cavalo, mas na lida é importante, pode salvar a sua vida ou a de um irmão de trabalho".

Peguei as esporas e guardei-as no carro. Depois limpei o metal, tirei a ferrugem, engraxei as correias, que ainda estavam boas. Achei interessante isso, o couro bem ressecado, porém intacto, resistiu ao tempo parece que para mostrar que a nossa fibra não se entrega tão fácil. Estão penduradas de novo, mas na minha casa, representando uma época que passou, estava esquecida. Também fazem parte do inventário de poucos objetos que guardei do seu Mendes: um relógio de bolso, uma faca prateada, um lenço do Partido Libertador e uma foto em preto e branco dele e dona Mirica atrás do balcão do bolicho. Poucos objetos, uma imensidão de recordações e saudade. Também não suportei vê-las solitas, peças que foram tão importantes para o dono durante uma vida inteira.

Nós somos assim, como essas esporas, como esses laços rebentados, roídos, como esses rodados de carreta, como essas rodas, cangas e tesouras antigas de tosquia que adornam e embelezam os salões de CTGs. Ah, queridos amigos, chega uma hora que o nosso tempo se acaba, ficamos afastados, esquecidos, abandonados. Não temos mais serventia e vamos morrendo à míngua, devagarinho. Viramos enfeites, como "dinossauros sem futuro sendo olhados por bárbaros sem passado", como disse recentemente um professor gaúcho. Quando virem, amigos, algo que pertenceu a um gaúcho, recolham. Guardem bem, cuidem. São restos de um passado heroico que ajudou a trazer a nossa história até aqui.

É primavera, Mirica

No galho da velha laranjeira, ao lado das taquareiras, onde os guaxos costumavam se juntar mugindo ao final do dia, um sabiá piou: "triri, triri, triri... piuu, piuu, piuu, piuu, piuu...", depois bateu asas e alçou voo no rumo das ruínas do velho matadouro do finado Maboni, mas no piquete, impulsionado por uma aragem que vinha lá dos lados da sanga, com cheiro de amoras roxas, desviou a rota e veio em direção a nós, que estávamos dentro do bolicho. Era uma manhã ensolarada de setembro, havia um cheiro de rosas no ar, e o pássaro irrompeu pela porta, pousou no balcão engraxado, sujo de fumo em corda e querosene, olhou desconfiado como guri novo em baile e, de novo, largou o grito: piuu, piuu, piuu, piuu... Dona Mirica, bolicheira e minha mãe, deixou o que estava fazendo na cozinha, arremangou as mangas de sua velha camisa xadrez e veio ver o que estava acontecendo. Ao dar de cara com o ousado sabiá nem se perturbou, apenas virou-se para mim e disse, fazendo um muxoxo com desdém: "É primavera...".

Ah, Mirica, é primavera de novo. Lembra? Tu enchias a casa de flores silvestres, tu, que tinhas as mãos calejadas de lida na casa, na mangueira e na lavoura, era uma mulher tão delicada por dentro. Eu sempre soube, Mirica. Naquela época, o que mais queria era sentir tua mão me penteando antes de ir para a parada esperar o Amarelão, o Gemada, o ônibus que nos levava para o colégio. Depois cresci, paraste de me pentear, mas não de me cobrar o asseio, de andar limpo e bem apresentado. "Pobreza não quer dizer sujeira", me ensinava. Olhava se tinha me lavado direito, examinava as orelhas, as unhas, se os sapatos estavam limpos. Depois dizia: "Vá, meu filho". Eu ia, convicto de que estava preparado, porque tinha uma pessoa que me orientava. Uma *personal stylist* campeira.

Mirica era minha mãe adotiva, mas foi o que melhor poderia ter me acontecido. Tão sensível e amorosa, tanto que gostava que minha mãe biológica, Anália, fosse sempre me visitar. "Mirica, quando tu vais me devolver o Paulinho?", brincava Anália. "Sou mãe por querer." Era verdade. Ela foi de trem a Cacequi e ajudou Anália, que me pariu quando era apenas uma menina e não tinha condições de me criar, e levou o guri pela mão para a Vila Rica. Era uma primavera, eu acho, porque lembro do campo florido de maria-mole em frente às casas, e neste dia outro sabiá piava quando cheguei... piuu, piuu, piuu, piuu, triri, triri, triri, triri, triri. Sempre que estou feliz penso na infância e ouço ao longe o piar alegre de um sabiá.

Foi numa primavera que escrevi um poema para Belinha, a guria por quem me apaixonei no colégio. Ela era linda, seus longos e esvoaçantes cabelos dourados pareciam um trigal maduro, um par de olhos de açudes, além de um jeito gracioso de sorrir e olhar o mundo, assim de revesgueio. Já tive meus quentes verões, meus amenos outonos e meus invernos tristes, mas a estação das flores me traz uma vontade tão forte de viver que penso na Mirica, nos amores perdidos, no pai, no irmão e nos amigos. Em tudo. Parece um potro que galopa no infinito. Como um sábado com cheiro de flores e com um sabiá piando sobre um balcão esquecido. Porque sempre haverá uma primavera para cantar doce e feliz dentro de nós.

A casinha

Agora, aqui, desfalecido, se despedindo deste reino, junta forças nem sabe de onde e olha de novo a fotografia do casarão. Por que fizeram esta foto, se pergunta, se sabiam que iriam magoá-lo ainda mais? Mas fizeram, imprimiram e lhe deram, como que para matá-lo ligeiro. Não, não sabe, são apenas conjecturas. Mas agora, também, se recorda da casinha de bonecas que mandara fazer para a única filha que tivera: Luzia. Eram lindas, a casinha e a menina. A casinha foi feita por um marceneiro conhecido que, a princípio, recusou o trabalho e depois, sabendo da situação da menina, aceitou. Dias depois entregou a casinha, que encantou a criança. Lembra de tudo aquilo agora. Ela era tão pequena, indefesa, tinha uma expressão assustada, mas quando viu a casinha parece que se transformou. Passava horas lá dentro brincando com suas bonecas. Ele amara tanto essa filha, a sua extensão, pois olhava-a nos olhos e via o mundo. Enxergava tudo aquilo que fazia um homem amar a vida e seus semelhantes. Sentia o divino.

Ela teria poucos anos de vida, o doutor já havia advertido. Mas ele, pai, não quis acreditar. Esperou por um milagre. "Milagres não existem", dissera um vizinho. "É melhor se conformar, é um desígnio de Deus", dissera outro. Ele insistira nos tratamentos, levou-a para São Paulo, Buenos Aires. E um dia ela caminhou, e chegou a andar de bicicleta. "Milagre", dissera um, e ele respondera: "Milagres não existem". E assim foram. Luzia foi crescendo e ele firme. Nunca abandonara a esperança. Terminou o colégio, foi para a Faculdade de Veterinária, mas não conseguiu terminar. Mas seu sonho foi realizado e ele mostrou a todos que com confiança e persistência se vai bem mais longe do que se pode imaginar.

Aqui, agora, vê outra vez o velho casarão em ruínas. Construíra aquela casa com tanto carinho pouco antes de se casar com Joana, uma moça tão linda, se conheciam desde crianças, brincavam juntos, faziam tudo juntos. A união foi sacramentada pelas famílias de ambos, tinha tudo para dar certo, mas infelizmente deu errado. Tinham planos para muitos filhos, encher aquela casa, mas Joana teve problemas no parto, não suportou, e Luzia sobreviveu a duras penas. Mas ele foi forte, não desistiu, ele nunca desistia. Como agora, está aqui, num hospital, há vários dias, mas não se entrega. O pai e o avô haviam sido fazendeiros, gaúchos e guerreiros. Aqui, agora, lembra de tudo o que fizeram, ele e os irmãos, quando guris, lá nas invernadas da Estância da Guajuvira. Eram cinco, todos homens, felizes, alegres, sempre bem montados. Tiveram uma infância tão linda.

Está pronto, sente-se preparado. Agora, sim. Reviveu tudo, a vida tão curta, tão bela, tão cheia de sacrifícios, de sofrimentos, mas repetiria tudo de novo se necessário fosse. Havia prometido a dom Fulgêncio, seu pai, que iria cuidar dos meninos, como ele chamava os guris. Cuidou mesmo, fez todos homens, perdeu a esposa, cuidou da filha, vira tanta coisa bela, como o amanhecer e o entardecer da Vila Rica. Não se importava de ir, agora, neste momento. Levantou a mão como em adeus para este mundo que, apesar de tudo, amava. Ia feliz. Então, antes de partir, viu Luzia a abanar, com sua mãozinha tão fina e tão alva, lá de dentro da casinha...

Porteiras abertas

Já faz tempo, mas lembro como se fosse hoje: num primeiro de ano fui buscar uma vaca que recém havia dado cria num potreiro próximo e passei em frente à casa do seu Turíbio. O velho mateava debaixo de um cinamomo e aproveitei para dar-lhe bom-dia, desejar "Feliz Ano-novo" e avisar que a porteira estava aberta, ou melhor, escancarada. "Fui eu que a deixei aberta, Paulinho, quando entra um novo ano é preciso abrir as porteiras para que as coisas boas entrem em nossas casas e possamos ir além, melhorar de vida." Passei o dia lembrando daquilo que o velho rabugento havia me dito. Pensava em nossa família, que tinha umas vaquinhas, mais o Tostado e umas ovelhas, como íamos fazer, não podíamos deixar as porteiras no chão. Decidi que quando ele aparecesse em nosso bolicho eu iria questioná-lo.

Dois depois ele chegou, como sempre, arrastando as alpargatas barbudas, esfiapadas, com um chapéu ladeado na cabeça e fumando um palheiro. Depois que lhe servi o aperitivo habitual, perguntei: "Seu Turíbio, desculpe a curiosidade, mas quem tem animais encerrados, como deixa as porteiras abertas no Ano-novo?". O velho golpeou um trago despacito, levantou-se do banco, cuspiu fora uma ponta do pito, me olhou com seus olhos azulados já com pouco brilho e disse: "Meu filho, isso é um modo de dizer, é claro que tendo animais para cuidar não se abre portões. As porteiras de que falo são as da alma, aquelas invisíveis, que estão pelos nossos internos, em nossos pensamentos, em nossas atitudes". A seguir, deu uma risadinha que lhe era peculiar, curta e fina, e tomou mais um gole. Ficou olhando a estrada de chão batido a se perder de vista em direção a Tupã. Então fez-se um imenso e triste silêncio. Até que chegou outro cliente.

Hoje, passados tantos anos, fico a pensar, neste outro início de ano, no ensinamento daquele velho guasca campeiro, um ancião casmurro porém sabido, cheio de ditos e chistes. "Este velho é louco, é tantã das ideias", dizia meu pai, mandando-me não dar atenção para as conversas do ex-carreteiro. Mas, sempre que podia, espichava os assuntos com seu Turíbio, que investia em frases enigmáticas, com prognósticos e previsões, quase sempre depois de ler um exemplar do *Correio do Povo,* que vez por outra aparecia no rincão. Agora penso se seu Turíbio não tinha razão, que precisamos mesmo abrir nosso peito, destravar as amarras da nossa alma para que possamos nos renovar, tomar novos rumos, deixar que os anos tragam coisas que ainda não fizemos e nem ousamos fazer.

Neste 2020, desejo que todos os leitores possam derrubar suas porteiras e que as deixem no chão, ou, então, destravem trincos, abram portas, empurrem janelas, postigos, venezianas e deixem o sol entrar. Muitas vezes, o que procuramos por muitos anos não está tão longe assim. Pode estar ao lado de nós, mas não enxergamos porque uma "porta", uma "cortina" ou até mesmo uma "porteira" nos impede. Ou ainda as achamos tarde demais. Então, que este ano não seja muito tarde, façamos o que precisa ser feito hoje e agora. Seria seu Turíbio um homem "louco", como dizia meu pai? Tenho minhas dúvidas. Então convido os leitores a merecerem este ano e fazê-lo verdadeiramente novo. É só abrir a porteira.

A alma buena dos que têm saudade

Existe uma paz enigmática no olhar de todos os que retornam. Mesmo cansados pelas agruras do caminho, não existe nada mais prazeroso do que voltar para casa. "Não troco o cheiro amigo dos pelegos do meu ranchinho por nenhum luxo de um suntuoso palácio", costumava dizer seu Neto ao voltar de uma longa tropeada. Apeava estropiado, cansado, muitas vezes com alguma costela ou braço quebrado, cortes, feridas, mas de nada reclamava. Trazia apenas um sorriso largo e a alegria de poder retornar ao Rincão do Cerrito, ao rancho onde se criara, o mesmo onde mais tarde também criou os filhos. Junto, vinham os ajudantes dele, também tropeiros de mão cheia, o Alemão, ginete barbaridade, o Surdinho, exímio na culatra de uma tropa, calmo e excelente cozinheiro e assador, e o Curumi, índio missioneiro, matreiro como ele só, farejador de perigos, sempre trabalhando de ponteiro, gritando na sua língua avoenga. De vez em quando sapecava um sapucai. Por pavena que era, não usava arreios, só um pelego por cima do xergão, um punhal atravessado na cintura e trazia à mão uma lança de taquara chamuscada na ponta.

Lembrei disso, agora, para falar sobre o sentimento que trago depois de uns dias fora do Rio Grande, revendo antigos amigos no nosso querido Estado de Santa Catarina. Voltei a olhar o mar por muitas horas, a observar o ir e vir das ondas, o ronco intrépido das vagas a fustigar os rochedos. Saboreei peixes frescos feitos por mãos experientes e caminhei por brancas areias, vislumbrando barcos ao longe, a se perder de vista. O homem que nasceu e se criou no meio do campo fica sempre espantado com a imensidão do oceano. Como o poeta gaúcho Aureliano de Figueiredo Pinto ao se mudar para o Rio de Janeiro, em 1924, para cursar Medicina. Em Copacabana, Aureliano se depara com o mar e escreve *Romance do mar... gaúcho completo* (*Romances de Estância e Querência*, Martins Livreiro, 1981, págs. 94 a 97): "Olho o mar... E, por momentos/ A fantasia dispara./ Certo, o mar é um tapejara/ no jogo dos elementos./ Calmo, às vezes, contrariado,/ se achica embaixo do céu,/ como um taura abichornado/ quando desaba o chapéu./ Noutras, lembra a mocidade/ e as farromas da peleia./ E arrasta o poncho na areia/ num desaforo à cidade./ (...) Envolto, como quem fuma,/ nas espirais dos olvidos,/ enxuga os olhos doridos/ no panhuelo das espumas...".

Como disse nosso mestre e colega Juremir Machado da Silva em crônica recente, tenho o coração interiorano. E nós, lá da antiga Vila Rica, gostamos de viajar por este mundão de Deus, mas o que mais gostamos, de verdade, é voltar para os pagos. Só aqui, entre o Mampituba e o Chuí, entre Tramandaí e o rio Uruguai, nos sentimos bem à vontade para sestear debaixo dos cinamomos nas tardes longas de verão. Ou nos aquecer ao redor do fogo nas frias noites de inverno.

Quero repontar a doce paz que seu Neto e seus amigos traziam das tropeadas. Meu pai, quando tropeava, também voltava feliz e satisfeito. Assim como os pescadores catarinas quando descansam os barcos na areia. Em todo lugar, seja ele no Rio Grande de São Pedro, no Rio de Janeiro, em Santa Catarina, em Buenos Aires ou no Japão, sempre existe uma paz indizível na alma buena dos que têm saudade.

Adaga de aço damasco
dorme quieta na bainha,
fazia lindo em rodeio,
que serventia ela tinha!

Segunda parte

Cuia, morena calada,
de beleza campechana,
companheira de mateadas,
nas madrugadas hermanas...

Coração de pandorga

Quando as crianças estiverem,
aparentemente, falando sozinhas,
não interrompa essa prosa.
Elas estão ajustando contas e tramando
roteiros com o anjo da guarda.

Luiz Coronel

Lá vai uma pandorga colorida ziguezagueando no ar, com o rabicho serpenteando no céu da Vila Rica. Vejo a linda manhã primaveril, a estrada de chão batido do Cerrito, a Esquina Maboni e a gurizada aos gritos, no campinho das taquareiras, exibindo suas criações de todos os tamanhos, cores, formatos, com desenhos e umas até em formas de cabeças de bichos. "Puxa a linha, Zé Galinha", "Esta é caborteira, feitio do Juca Moreira", "A preta não paga vale, tem a mão do Beto Salles", "Quem vem não se arrepende, beleza, Luizinho Mendes". Era assim aquela espécie de festival de brincadeiras e versos infantis, ao lado da estrada real. Quando o Gemada passava, trazendo o pessoal da cidade, seu Nei, o motorista do velho ônibus do Posto de Sementes, buzinava e os passageiros abanavam das janelas. A gente aproveitava, fazia com que subissem e dava carretel para que voassem naquele infinito azul como andorinhas de pano.

Ah, meus amigos e minhas amigas, o Dia das Crianças tá chegando e me olho no espelho outra vez. Vejo um homem de cabelos brancos, rosto enrugado, os olhos sem mais o brilho de outrora, as mãos cheias de sulcos, os braços com cicatrizes. Doem os joelhos, os músculos e nervos, a espinha nem se dobra mais. Cadê aquele menino de calças curtas, chapéu preto, que caminhava feliz nos domingos de manhã em direção à sanga com o caniço de taquara nos ombros? Onde foram parar a sanga, os lambaris prateados, os aguapés floridos, os campos amarelados de malmequeres? Será que ainda existe a carretinha de lata, a bola de couro, o bilboquê? Por que, meu Deus? Hoje sei, não devia nunca ter me apartado deles, aquelas coisas tão simples e ingênuas que faziam a minha alegria.

Meus passos trôpegos, meus braços cansados, minha cabeça dolorida, todos fraquejam e se param soltos, cada um de um lado, sem ânimo e desorientados. O tempo, este verdugo, não perdoa, nos maltrata, nos arrebata sem nenhum constrangimento, sem pedir licença nem dar trégua, por ser filho ingrato do infortúnio. Tento resistir bravamente, mas parece impossível, um tremor já campeia os nervos à espreita, pronto a me devorar lentamente. Volte, Zé Galinha, dê teu braço, Beto Salles, me ajude, Juquinha, traz água, Luizinho Mendes, "que eu já venho sufocado no balanço deste baio, uma espora sem roseta e a outra sem papagaio".

O que somos, meus amigos, o que viemos fazer aqui neste mundo, o que fizemos para sofrer tanto? Meu coração não aguenta olhar para essas fotografias onde apareço rodeado de amigos que já se foram para outra dimensão sem deixar rastro. Ficou este vazio, este soluço preso na garganta. Olha, isso rolando pela minha cara não é lágrima, é apenas um cisco trazido pela aragem. Vai, coração, voa, volta lá de onde partiste, toma este céu nublado de poluição, sobe além das nuvens, volta a ser guri outra vez, te transforma num piá de arrabalde e revive feliz, junta teus pedaços e voa, enfrenta teu destino de coração livre ao vento, como uma pandorga solta no ar.

Essas mãos

Ah, essas mãos sujas de terra que seguram toscos porongos em mates de erva lavada e curtos, como a própria esperança. Mãos de gente humilde que se criou na lida dura, trabalhando de sol a sol, sem carteira assinada, sem direitos, apenas obrigações. Trago na retina imagens dessas generosas mãos cheias de sulcos e calos, que fizeram gemer a terra, revolveram vergas no coice do arado tracionado a junta de bois. São dias, meses, anos, décadas, séculos de labuta por esses fundões de campo, gente que sempre teve as mãos machucadas, mas que levantaram ranchos de pau a pique, formaram moradas, e essas viraram povoados, vilas e depois cidades. Primeiro abrindo picadas no meio da mataria selvagem e inóspita, mais tarde, caminhos e, por fim, estradas reais. Saudemos essas mãos valentes dos avoengos, dos precursores, dessa gente que restou esquecida nas encruzilhadas.

Lá de onde vim, apertei muitas mãos assim, calosas, cheias de cicatrizes de arames farpados, em terríveis laçaços nos alambrados infindos do Pampa, repletas de cortes de sogas, cordas e maneadores de doma, braços quebrados por coices e manotaços de redomão. Amigos e amigas, só eu sei o que minha alma campesina traz por debaixo das asas do poncho. Dizem, por que você não escreve sobre as façanhas da nossa gente? Não elevas a poética dos nossos usos e costumes, as guerras pela manutenção das sesmarias, das nossas mais caras tradições, os duelos de arma branca, os entreveros de capitães e generais, por que não exaltas nossos heróis que tombaram ensanguentados para defender a bandeira do pago? Respondo, tudo isso faço, mas fico com as mãos humildes dos que nunca seguraram espadas nem adagas, mas os simples utensílios de trabalho, as enxadas, os picões, as máquinas de plantar milho. As mãos que semearam o trigo, colheram e dele fizeram o pão. Meu pai, José Mendes, tinha as mãos assim, retorcidas, dedos grossos de quebraduras mal curadas, com cheiro de fumo em rolo. Minha mãe, dona Mirica, as trazia ressecadas de tanto lavar roupa em sanga, trabalhar nas lavouras de mandioca, feijão e fumo, de tanto cozinhar ao redor de fogões a lenha, de labutar dia e noite, sem domingos, feriados ou férias. Um dia, numa pequena pausa, viajei com ela de trem para uma cidade vizinha. Acredito que tenha sido a única viagem que fizemos juntos. Enquanto comíamos uns pedaços de galinha com farofa, ela olhou para a janela, para o mundo de campos e vacas que deixáramos para trás e disse: "Queria que a vida fosse sempre assim, uma viagem sem fim...".

São benditas essas mãos de peões que desenharam o mapa da nossa terra gaúcha, mãos de homens, mulheres e crianças tão pobres neste Estado tão rico. Olho para essas mãos escuras e penso nas históricas desigualdades. E agora observo, meio que envergonhado, estas minhas lisas mãos de jornalista. Lembro que elas já foram também riscadas e calosas. Minhas mãos hoje escrevem pelas outras que não tiveram a mesma sorte. Juro, enquanto viver estarei sempre ao lado delas, defendendo, cuidando, com a arma da palavra em prol desses que nunca tiveram voz. Esta *Campereada* é para vocês, os que perambulam sem trégua pelas glebas. Nunca esqueço a mão que me embalou no berço. Jamais esquecerei.

Cicatrizes do tempo

Seu Neto, companheiro de meu pai nas tropeadas, tinha as mãos cheias de calos, sulcos, verdadeiras cicatrizes do tempo. Meu pai, seu José Mendes, tinha mãos finas e compridas, com as veias saltadas, também com uns cortes que se atravessavam ao comprido e de lado, na parte posterior. Na parte interna, eram marcas de tirões de laço, cortes de arames farpados. Minha mãe, dona Mirica, a bolicheira, tinha mãos grossas, dedos curtos, que também traziam marcas de queimaduras, e até dois sinais de uma picada de cruzeira. Esse acidente quase lhe tirou a vida quando ainda era uma guria lá na Serra das Encantadas, onde passou sua infância. Desde guri tenho esta mania de observar as mãos das pessoas, talvez um costume do tempo de bolicheiro. Era uma forma de saber "com quem se estava lidando". Dona Mirica dizia que as mãos de uma pessoa revelavam quem ela era, o que fazia e o que pretendia no bolicho.

Entendo que neste ano de 2021 vamos precisar de muitas mãos. Mãos calejadas, mãos suaves e macias, mãos de gente do campo e da cidade. Mãos que batem teclados como as minhas, mãos que manejam bisturis nos hospitais, mãos que seguram duros cabos de machados e enxadas, mãos que manobram máquinas no campo e nas fábricas citadinas. Vamos precisar de todo mundo. O ano será de retomada, depois de um 2020 de muito sofrimento em função da pandemia, que nos machucou o corpo e a alma. As perspectivas são sombrias, mas será através de nossas mãos que vamos manobrar e talvez dobrar adversidades, que serão muitas. Eu convido a todos os que me leem aqui neste espaço desde 2009: vamos arremangar as camisas e dar trabalho para essas mãos que nos acompanham desde que nascemos. É chegada a hora, meus amigos, de enfiar a mão na massa, cortar, montar, refazer de novo. Juntos seremos muitos e, mesmo separados pela distância e pelas convicções e ideias, vamos trabalhar. É chegada a hora de nossas mãos mostrarem a que vieram ao mundo.

Como sabem, no final de 2020 fui vítima do coronavírus e a Covid-19 por pouco não me torceu o sabugo. Resisti e aqui estou, como sempre, defendendo nosso folclore, nosso regionalismo, nossa forma de ver e viver o mundo. Eu olho para minhas mãos e braços e não vejo mais os sinais da doença, os machucados deixados pelas seringas, o roxo dos cateteres, as veias dilaceradas. Não vejo mais nada disso. Estão boas, sem tremedeiras, como ocorreu logo depois de minha alta. Elas vibram e pedem cancha como um pingo bueno recém-domado, querendo desbravar o mundo.

Ah, essas mãos gaúchas que tanto pelearam, que seguraram lanças de taquara, adagas, longas espadas, laços e boleadeiras, todas as armas possíveis. Mãos que se destroçaram defendendo fronteiras, cuidando da nossa gente. Hoje, em tempo de paz, precisamos de muitas mãos, mãos descendentes daquelas antigas mãos, para tocar e refazer nossas vidas, nosso lugar. Somos gaúchos e já nos refizemos tantas vezes, agora não será diferente. Nossas mãos serão mais úteis do que nunca, porque foi mesmo uma guerra. E lá as vejo, me abanando, milhares de mãos, avisando que estão unidas, juntas, para refazer tudo o que foi destruído. Porque somos assim, peleadores, sempre, mesmo que tenhamos apenas a força de nossas mãos.

Os filhos da terra

Quase todos nasceram enforquilhados no lombo do pingo, por assim dizer, de tão cavaleiros. Olhando à distância, parecem centauros cruzando o verde das coxilhas e várzeas. São madrugadores e recitadores de versos. Falam alto, acostumados que são a lidar com os bichos desde a madrugada até o descambar do sol. Tomam mates debaixo das ramadas, têm ouvidos sensíveis, ouvem rumores ao longe e trazem olhos de ver até no escuro. Vivem no campo, nas mangueiras e pelos galpões. Têm mãos calejadas, duras e pesadas, porém dentro do peito bate um coração terno e bondoso. São os filhos da terra, netos e bisnetos das primeiras recolutas, das primitivas andanças e conquistas do território. O tempo passa, o mundo se transforma, mas eles sofrem poucas mudanças porque corre em suas veias o mesmo sangue de antanho, dos avoengos de melenas brancas, aqueles que ergueram mangueiras de pedra e ranchos de pau a pique cobertos de capim santa-fé.

Lá estão eles, os descendentes de Bibiana e do Capitão Rodrigo, os que se misturam entre ficção e realidade. São novas Anas e novos Rodrigos que moram em cidades, dirigem automóveis, usam tênis e calças jeans, mas também revolvem a terra, trabalham nas fazendas e granjas, tudo junto misturado. Afora os que permanecem entre os juncais, entre as macegas, os que pouco se metem nos burburinhos frenéticos das urbes porque preferem os descampados, as solitudes verdejantes a se perder de vista, onde se ouve o piar do barreiro fazendo casa, o cantar dos galos nos poleiros, o balir das ovelhas chamando as crias, o relinchar dos cavalos nas estrebarias e o berro da terneirada no potreiro.

Ainda hoje podem ser vistos repontando lotes de gado nas estâncias, trazendo-os para a mangueira, solitos ou em grupos, montados em Crioulos de pedigree, adelgaçados e reluzentes. Sobre máquinas agrícolas, arando, semeando e colhendo por dias e noites a fio. Esses filhos do campo nunca desistem, laçam, pealam e gineteiam como seus tataravôs, gente de marca e sinal. Eu os saúdo, irmãos das soledades campeiras, dos ermos solitários, dos fundões de corredor, das taperas carcomidas por tempo e esquecimento, aqueles que se embrenharam nos socavões da memória, nas bibocas, nos penedos e encostas. Volta e meia aparecem, surgem do nada, assustam perdizes nas várzeas, que fogem em voos rasantes e, atarantadas, sucumbem, degoladas num fio de alambrado.

Benditos sois vós, filhos da terra, netos dos descampados, bisnetos das pradarias, tataranetos de Gumercindo, Aparício, Flores, Honório, Barros e Osório. A cavalo, gauchada de lei, lá vem outro ano, outras tarefas, novos dias e novas esperanças. Sei que enquanto um de vocês estiver montado no lombo desses corcéis retacos, ou de um trator, ou de uma colheitadeira podemos nós, aqui na cidade, ficar tranquilos. Não faltará alimento nas prateleiras, basta os gestores públicos proporcionarem condições para que o povo possa comprá-lo. Hoje, serei otimista, sonharei com nosso Estado unido e imbuído de paz e alegria, buscando novas formas de desenvolvimento, e, por outro lado, produzindo e preservando, numa comunhão de ideias e princípios. Para isso, confio nos filhos da terra, os que viverão para sempre em todos os sóis de teus dias, velho Rio Grande.

A identidade

Eu os vi aos borbotões, aos punhados, os antigos e lendários duendes do Pampa. Os gaúchos remanescentes das antigas gestas. Atavam seus cavalos na cerca em frente ao bolicho lá da Vila Rica, debaixo dos ciprestes e cinamomos, chegavam arrastando as chilenas na terra vermelha, tiravam o chapéu e, quase sempre, pediam um trago de canha. Riam, contavam causos, pareciam ser felizes aqueles tauras andarengos de risadas largas. Diziam versos aos gritos, uns tocavam gaitas, outros violões de cordas enferrujadas. Sim, eu os vi cruzando as estradas repontando tropas, os vi curando bicheiras, marcando o gado nas mangueiras, pealando de sobrelombo, reboleando o pala no alto das coxilhas. Eu falo deles porque estive no meio daquela gente campeira, ninguém me contou, não precisei ler manuais nem compêndios de história para aprender.

Por isso, hoje eu sei o que celebram nesses milhares de acampamentos de setembro os gaúchos autênticos ou os simples apoiadores da cultura gauchesca. Entendo os festejos de quem vive de bota e bombacha ou dos que gostam de vestir as pilchas por apenas alguns dias. Eles não estão, meus amigos, comemorando apenas uma guerra perdida, como bradam aos quatro ventos muitos historiadores. Todos que ali estão nada mais fazem do que participar de rituais em louvor ao povo gaúcho, àqueles primitivos viandantes de um lugar ermo para outro, sem paradeiro fixo, fundadores de novas querências, e que, ao longo de suas existências, foram espalhando usos e costumes, tradição e folclore. É esta gama de cultura que é reverenciada nesses dias de folguedos, de sons de cordeonas, danças, churrascadas, trovas, declamações, teatro e concursos.

Reconheço, também, que em muitos casos há entendimentos errôneos e equivocados por parte de pessoas ou entidades a respeito de nossa história. Sei, ainda, que a cultura gaúcha, durante a sua formação, foi sendo usada para fins nem sempre republicanos. Que ao se apropriar do gauchismo, as classes dominantes fizeram valer o seu ponto de vista sobre os mais pobres e servis. Tudo isso é verdade. Mas procuro sempre dizer aqui, nesta coluna que já completou dez anos, que não somos melhores nem piores do que nenhuma outra cultura. Que na verdade somos diferentes, e que justamente essas diferenças fazem uma nação ser grande e respeitada. Creio que seja isso que devemos sempre passar para as próximas gerações: o orgulho pelas nossas particularidades.

Para concluir, queria dizer que, além do mais, podemos até realmente termos perdido a Guerra dos Farrapos. Que, sim, foi patrocinada por estancieiros, mas quem poderia bancar um exército, prover alimentação, comprar armas e munição para enfrentar uma refrega bélica de 10 anos? Mas se a perdemos, ganhamos uma identidade, algo extremamente valioso para um povo. Dessa forma e pelo exposto até aqui, acho bonito e até comovente a forma como a gauchada espalhada pelo mundo afora se diverte nesta época. É a força de uma cultura forjada a ferro e fogo que reverbera nesses ranchinhos de costaneiras cobertos de zinco. Ao redor do fogo de chão reiteramos nosso respeito ao passado. É ali, naquele rústico templo campeiro, que nós, os filhos do pago, mostramos ao mundo nossa identidade cultural. A carteira de gaúcho.

Alma gaúcha

Por caminhos desenhados em conjunções favoráveis, arquitetados pelo destino, alguns improváveis, virei jornalista e cronista regionalista. Nasci numa pequena cidade do Interior e, ainda pequeno, fui me criar em outro município, num local propício para isso, em contato direto com o povo do campo. Em tese, deveria ter nascido noutro Estado, ter educação diversa, ter outro sotaque e gostar de coisas bem diferentes das que gosto. Mas a vida nos prega peças, e hoje, meus amigos, agradeço por ter nascido e me tornado um apreciador das coisas do Rio Grande, um "gaudério", como se diz atualmente. Quando cheguei à Vila Rica, meus pais adotivos já tinham um bolicho que, na verdade, era cuidado por dona Mirica, que me buscou pela mão e me fez seu filho. Assim, conheci, atrás do balcão, a nossa gente do Rio Grande, os humildes, os pobres, os deserdados, os que não têm voz, os sem teto e sem afeto, os humilhados, mas que lutam sempre por um prato de comida. Nesse lugar da minha infância aprendi as coisas simples e essenciais da existência.

Éramos pobres, com poucos recursos, mas tive a sorte de ganhar uma bolsa de estudos e conhecer, no colégio, o outro lado da moeda, colegas filhos de pais com posses, proprietários de terras, os com bons empregos e altos salários. Esse convívio com humildes e abastados me serviu para aprender desde cedo que as pessoas têm os mesmos ideais, ninguém quer sentir dor, nem fome, todo mundo gosta de ser bem tratado, aprecia a amizade, a sinceridade e as coisas genuínas. Aprendi a não me deslumbrar com os brilhos, as luzes, os luxos, as casas imponentes, porque isso tudo é bacana, mas não é essencial. Embora diferentes, somos iguais. Quero dizer, lá no fundo, buscamos sempre as mesmas coisas. Talvez por ver a vida de forma natural, tratando o pobre e o rico do mesmo jeito, com educação e respeito, de modo digno, nunca me senti discriminado.

Esse preâmbulo é para chegar ao 20 de Setembro, esta data tão valiosa para a gauchada e que estamos comemorando neste ano sem festividades e desfiles por causa da pandemia. De certa forma, será um ano de mais reflexões e menos fervor. Sempre observo, quando me convidam para falar em eventos literários, escolas, universidades e CTGs, que não somos melhores ou piores do que ninguém, apenas diferentes, com nossas peculiaridades. Sim, devemos ter muito orgulho da história, das tradições, das lutas, dos usos e costumes, do rico folclore. Contudo, não podemos ser arrogantes, achar que nosso passado guerreiro nos faz superiores aos demais povos.

Devemos exaltar a Revolução Farroupilha, principalmente pelo legado que repassou aos rio-grandenses. Existe uma mitificação de heróis, objetivos e propósitos. Porém, o chamado decênio bélico forjou uma identidade para o gaúcho rio-grandense. Foi esse personagem que defendeu nossas fronteiras a pata de cavalo, lança na mão e muita coragem que devemos reverenciar. Temos, realmente, uma cultura muito rica. Por isso, vamos honrar a memória dos peões, negros e índios que tombaram pela liberdade, resistindo e empunhando a bandeira da esperança. O que é ser gaúcho? Humildemente, digo ser um sentimento. Trazê-lo na alma e honrá-lo é pelear todos os dias contra as injustiças.

Tributo ao peão campeiro

Ah, esses peões de sol a sol, que trazem no rosto as marcas de sua faina e fado. Os vejo, agora, debaixo dos pavilhões da Expointer, ao lado dos animais de argola, implacáveis nos cuidados e caprichos. São remanescentes dos antigos tauras que traçaram as linhas destas fronteiras a ferro e fogo. Há muito que vivem pelos fundões de campo, limpando estrebarias, retirando estercos, lavando lombos, enchendo cochos, repondo rações, dormindo em catres improvisados por essas feiras Rio Grande afora. Têm pouco ou quase nada, mas vivem como se aqueles animais que tratam fossem seus. Para eles, isso menos importa. São dedicados e fiéis aos patrões e olham os bichos como filhos. E vibram com as conquistas e choram com as derrotas. Depois voltam nas carrocerias de caminhões, sem se importar com o cheiro fétido porque nasceram na lida campeira.

Trazem na retina a pauta longínqua dos alambrados sem fim da Querência. Olhos de fogo, vistas de luz e penumbras. Vivem nos galpões, em pequenos grupos ou solitos. Poucos reparam neles nessas festividades urbanas. Guardam mágoas pelo fim dos pastos, dos animais e das matas nativas, sofrendo solavancos de tratores pelos desertos e descampados. Vêm e voltam, anônimos, os filhos desses campos que nem são mais tão verdejantes, já de poucos matizes. Sorriem para os fotógrafos quando sentem o fruto de seu trabalho tendo consideração e respeito. Eu os conheço bem, são meus irmãos de sangue e alma esses gaúchos peões, changueiros, motoristas de caminhões-boiadeiros, donos de pequenos comércios. Minha mãe era bolicheira, tenho um sobrinho e um irmão que cortam caminhos transportando gado e cavalos, um pelo Centro-Oeste, outro pelo interior de nosso Estado. São os novos tropeiros, montados nas boleias, olhos ariscos fixos nas estradas, desviando perigos e sonhando em voltar logo para casa.

Convivi com eles no bolicho da Vila Rica. Paravam para golpear um trago, comer alguma coisa, descansar. Homens simples de alma buena que cortam o mapa como rios, de lá para cá e de cá para lá. Conheci também peões caseiros, tratadores de cavalos, de gado e ovelhas de cabanha. Tornam-se especialistas em detalhes importantes que vão fazer a diferença, mais tarde, em competições das raças, como produtos para embelezamento de pelos e lãs, alimentação, doenças, remédios e todos os treinamentos para que os exemplares jovens cresçam sadios e viçosos e venham futuramente a ter sucesso em suas carreiras nas pistas, com destacada morfologia e função.

Eu rezo por eles, homens e mulheres do campo, trabalhadores das soledades e corredores. Comem e dormem ao lado dos bichos, como anjos da guarda que são. Que possam encontrar patrões mais humanos e que, depois, quando envelhecerem e perderem a força dos braços, tenham um descanso digno, pois suas vidas foram todas dedicadas aos nossos pingos, ovelhas, gado, suínos, aves e lavouras. Dediquem a eles, meus amigos, seus melhores cumprimentos e gratidão. Para essa gente campeira devemos tudo do que se produz neste meridiano. Uma gente que enxerga no bicho não um bicho, mas um amigo. Por isso, pouco dormem, ficam em vigília constante, insones, como uma mãe zelosa a cuidar da cria...

O potro Esperança

Recorda como fosse hoje. Era uma primavera quente e ventosa, como esta que chegou agora. As folhas das amoreiras caíam amareladas sobre a estradinha que começava atrás das taquareiras, lá na Chácara dos Eucaliptos, e se estendia, serpenteando, até a tapera onde morava o Tio Janguta. Era um mulato trabalhador aquele, credo, e ginete de primeira. Bonachão, bombacha remendada, alpargata barbuda, uma barba branca e comprida, com ares de pajé campeiro. Sabia tudo de cavalos. Foi quem atestou que a égua gateada ia sobreviver e, além disso, que ia se salvar, ela e a cria que trazia no ventre. Foi o que aconteceu, sobreviveram, e o potrilho colorado nasceu soberbo, elegante. Dom Júlio Villa pôs-lhe o nome de Esperança "porque esta é a última que morre", brincava o mulato. Agora Dom Júlio está sozinho no quartinho do asilo onde vive há vários anos. Por que lembrou hoje daquele potrinho Esperança?

Ah, muito difícil saber. De uns tempos para cá vive pensando em coisas antigas, que pareciam esquecidas, mas estão lá, escondidas, esperando uma brecha para voltar, alvissareiras, todas espevitadas, ladinas. O potrinho cresceu dando sinais de que gostava de correr, além de ser filho do Tranquito, um cavalo famoso, muito bom de pata, que vencera muitas paradas de cancha reta por toda a costa do Uruguai, em Carazinho, Júlio de Castilhos, Cachoeira do Sul e tantos outros lugares. Passara o sangue para o filho. Júlio Villa nunca ganhou muito dinheiro com as vitórias do Esperança, mas fez amizades, se divertiu e, com a *plata* das carreiras, conseguira dar estudo e faculdade para a filha Ana Luíza. Ah, que saudade que sente da guria, que vive na Capital há anos, ela que tanto tentou levá-lo embora dali. Mas foi taxativo em ficar, preferiu seguir na sua terra, mesmo assim, velho e pressentindo a morte lhe fazer tocaia.

A vida é assim mesmo, tão linda e tão curta, tão vistosa e alegre. Depois vai mermando devagar, aos pouquitos, dia a dia, perdendo as forças, o vigor dos músculos e, o que é pior, matando os sonhos e até a vontade de sonhar. Tio Janguta domou e começou a preparar Esperança para as carreiradas, mas o potro logo teve uma febre forte. Foi preciso paciência. Depois, na primeira penca, em Garruchos, foi um galope, na final chegou dois corpos na frente. Foi superando problemas, doenças e trazendo vitórias que pareciam impossíveis. Por fim, Ana Luíza partiu, Tio Janguta faleceu, Dom Júlio ficou viúvo e veio morar no asilo. Mas se manteve altivo, como sempre, sem se abater, sem jamais "afrouxar o garrão". Às vezes, antes de dormir, repetia baixinho: "Não te mixa, lagartixa!".

A cuia roncou de novo. O mate está lavado outra vez, como ontem, anteontem, quase sempre. A água esfriou, de um verde-claro onde boiam os palitos miúdos desse chimarrão arrabalero. Sua alma também está assim, no fim, aniquilada, mas não desiste. Uma voz interior vem ajudá-lo, "veja o potro, tudo o que aconteceu com ele, como suportou as agruras e venceu". Ele também suportará. Suportar, aguentar, superar. Então, recosta o porongo na térmica, levanta, olha pela janela e parece ver, ao longe, uma cancha reta. E prende o grito: "Vamo, vamo, vamo... corre, corre, corre... apura, Esperança!".

Trabalhar com gosto

Lá de onde vim éramos trabalhadores. Tínhamos as mãos calejadas de cabo de enxada, de machado, de picão, de serrote, de rédeas, de laço trançado, de facão, de cabo de vassoura, de colheres de madeira, homens e mulheres – vivíamos na luta bruta. Levantávamos cedo, ainda escuro, antes de clarear o dia, todos nós, os desassistidos, os ignorados, os sem voz, os sem nada. Nem nos censos aparecíamos, estávamos fora das estatísticas, sem energia elétrica, sem água potável, tínhamos que nos alumiar com lampiões a querosene. Às vezes, sem o combustível, só com tocos de velas. E trabalhávamos todo santo dia, um sim, outro também. Cresci assim, no meio da delicadeza do simples, que raras vezes encontrei em outros pagos, essas querências de asfalto e concreto. Eu, meu irmão e os outros sobrevivemos. Muitos se foram, mas estou aqui para contar.

Então conto e reconto. Eram campeiros, arrabaleiros, changueiros, poucos com trabalho fixo, ninguém com direitos, férias, fundo de garantia. Buscavam um dinheiro escasso naqueles bolsos vazios e corações tão cheios. Eu os atendia, atrás do balcão engraxado de banha, com cheiro de querosene e de fumo em rolo. Compravam um quilinho disso, um quilinho daquilo, uns caramelos para as crianças e, por fim, uma garrafa de canha pura para afogar as mágoas. Dona Mirica, minha mãe, ensinava. "Pobre precisa beber, meu filho, leva a vida muito triste." Não sei se compreendia, mas fazia cara de quem percebia a situação.

Depois ela remendava: "Nunca se entregue para a cachaça, é china maleva, olha o fulano, o sicrano", e me apontava os maiores borrachos que pisavam na venda.

Tive outro irmão, mais velho, que levou um trator para São Borja. Ele foi trabalhar para um fazendeiro e lavoureiro. Lá se fez homem trabalhando de sol a sol, comprou terras, criou gado, mas depois perdeu tudo em carreiras e na bebida. Ter dinheiro não era para ele. A vida é tão injusta, mas é a vida que temos para viver. Ela vai nos mostrando as coisas e precisamos nos adaptar a ela do jeito que dá. Meu pai adotivo, seu José Mendes, perdeu o pai aos 14 anos e, como filho mais velho, foi trabalhar para sustentar a mãe e os treze irmãos. Dona Mirica trabalhou desde adolescente em "casa de família", depois casou e se tornou bodegueira de campanha. Seu comércio era legalizado, pagava impostos e se aposentou pelo antigo INPS.

Exemplos de trabalhadores nunca me faltaram. Mas trabalhar, meus amigos, não é tudo. Precisamos fazer aquilo que gostamos, ter prazer, trabalhar com alegria e vontade. "Quem trabalha por gosto nunca se cansa", dizia o velho Mendes. Eu sabia desde guri que seria jornalista, contador de histórias. Hoje, já pressentindo a chegada da parte final da vida, sinto-me realizado. Sempre fiz o que gostava e, quando não gostei, serviu de aprendizado. Vi sempre o lado cheio do copo. Fui, sou e serei sempre otimista. Um dia, vendo a morte chegar, falei pra mim mesmo: "Não te mixa, te criaste quebrando geada, passaste dificuldades, diz a ela que não será hoje". Disse. E estou aqui, vivo, trabalhando como sempre, desde o tempo de bolicheiro e carroceiro. Esta talvez tenha sido minha melhor empreitada, sou trabalhador. Já estou até mandando meu currículo para São Pedro. Deve ser chato passar a eternidade sem fazer nada.

Livia e o varal

Sim, ainda é uma mulher jovem, que há pouco, muito pouco, era uma menina correndo atrás dos pintos no terreiro, com uma tiara na cabeça, uns trapos no corpo. "Essa guria puxou pela avó", dizia o pai ao vê-la com seus cabelos claros e compridos, os olhos gateados, atarefada, fazendo as atividades do mesmo jeito que a velha bolicheira. Onde andará o pai? Depois que foi para o Vale do Sinos, trabalhar em construção, nunca mais apareceu. Sumiu no mundo como uma perdiz que alça voo. Embora a pouca idade, Livia já traz as mãos enrugadas de tanto lavar roupas, molhar, ensaboar, torcer, enxaguar, pôr no varal, secar, passar... Faz alguns anos que só faz isso, serviço duro. A crise fechou os empregos e trabalhos regulares na Vila Rica. Então, restaram-lhe poucas saídas. Começou meio por acaso, lavou umas camisas do gerente da Caixa Federal, um vestido da filha do dono da lotérica, depois umas bombachas de um grupo artístico do CTG e por aí se foi. A notícia da lavadeira se espalhou rápido e agora vinham trazer serviços até sua casinha simples de arrabalde todos os dias. O marido estava trabalhando numa granja, vinha na sexta-feira à noite ou no sábado pela manhã, e na segunda-feira de madrugada voltava.

Ela ficava sozinha, mas se lembrava das histórias da avó, que, pouco antes de morrer, contou-lhe dos tempos das tropeadas. Do avô tropeiro, que era "dos macanudos", naquela época em que não havia caminhão boiadeiro, os animais eram transportados por terra, dias e dias, de uma fazenda para outra e, nas safras, das estâncias para os frigoríficos. "Era mui lindo, que indiada pavena, bem montados, cavalos suados, chapéus tapeados na testa, aquilo sim", suspirava a avó, relatando bravatas e feitos heroicos, passagens de vaus em tempo de enchentes brabas. "Morreu, isso passou", pensa Livia, agora, bem neste momento, olhando para uma cesta cheia de roupas sujas que precisa entregar daqui a dois dias. Ela conseguiu comprar duas máquinas de lavar já usadas, mas uma delas precisa de conserto e a única que funciona às vezes tranca, está com vazamento. Além disso, tem duas filhas pequenas para cuidar, corre de um lado para o outro. A menor está aprendendo a caminhar e também se parece com a bisavó, os mesmos olhos claros, que lembram uma gemada recém-batida. "Olhos de ver até no escuro", como dizia o avô tropeiro, sorrindo, mostrando os dentes amarelados de fumo e que escovava com cinza de borralho.

E assim passam os dias, vêm os meses, os anos e tudo vai se modificando, se transformando. Enquanto isso, outras coisas nunca mudam. Seguem exatamente iguais. São como essas novelas da televisão, os mesmos roteiros, início, meio e fim, tudo parecido. O que troca são os atores. Livia olha o varal e vê desta vez as suas roupas, das crianças e do marido, coitado, tão jovem também e com tão poucas perspectivas. As mãos lisas e bonitas de quando o conheceu, quando ainda tocava guitarra na banda, estão duras e calosas. Então, de repente, se arma uma tempestade para os lados dos castelhanos. A ventania balança as roupas. Ela também balança, sua vida está assim... muitas perguntas. Livia, desesperada, procura as respostas que talvez cheguem com o vento...

Mais triste que a estrada

Via o Leco apequenar-se estrada afora naquela segunda-feira escaldante de um fim de janeiro. Ia ele, a alazona malacara e sua alma campeira e triste, mais triste que aquele caminho avermelhado de fim de tarde. Leco passara no bolicho, dias antes, para se despedir, pagar umas continhas, explicar que não mais o queriam na estância. Até deram prazo de um mês para que arrumasse outra ocupação, porque agora as coisas haviam mudado, os novos donos do estabelecimento iriam se dedicar às lavouras, precisavam de tratoristas, operadores de máquinas, e não mais de um peão de fazenda criado no lombo do cavalo, laçador e pealador de mão cheia, tropeiro, ginete e domador, um homem que sabia pelo olhar se a vaca era boa parideira ou se o potro era velhaco. Mas que importância tinha isso tudo agora? Seu Turíbio, que muitos conselhos havia repassado ao peão, enchera os olhos d'água e dissera: "Vá, meu filho, nunca há de faltar serviço a um gaúcho que é bom de lida".

Então o Leco passara ao trote, no primeiro suor, depois, lá na coxilha grande, que ficava cinzenta no fim da tarde, a alazona diminuíra para o tranco, sem vontade de ir. Como seu dono. Eu vira também a égua ainda potranca sendo conduzida pelo buçal "pra ir pegando gosto pelos corredores", brincava o Leco. Depois ele a domou, isto é, apenas colocou os arreios, um bocal de tentos, e logo o freio. Era um florão aquela égua, doce de boca, de cômodo macio, era como se no lombo dela estivéssemos andando de automóvel. Desempregado, o Leco pagou o que devia no nosso bolicho, vendeu a gaita com que tocara tantas vaneiras, xotes e chamamés nas tardes domingueiras e, resoluto, tirou da bota um punhalzinho prateado e colocou sobre o balcão. "Fique com ele, querido amigo, para que se lembre de um campeiro honesto e trabalhador que viveu na Vila Rica, mas que agora se vai embora porque aqui não tem mais serviço."

Quando olhei de novo, não o vi mais. A estrada estava vazia, como vazio ficou o bolicho por longos dias. Vinham clientes, mas alma não tinha mais. Não se escutavam acordes de cordeona, não se via mais a alazona atada debaixo dos cinamomos, nem a risada comprida do Leco depois de contar um causo de assombração. E os dias foram passando, a cavalhada deu lugar aos tratores, que ficavam estacionados ao lado e na frente do bolicho. Não vi mais tropas cruzando nervosas em direção ao frigorífico, matarias foram sendo derrubadas, os açudes aterrados, as sangas de água pura desapareceram. Restaram imensas lavouras sem fim, que o progresso nos impôs.

Há uns dois ou três anos voltei à Vila Rica, ao Passo dos Buracos, ao Rincão do Cerrito. Quando dobrei na Esquina Maboni, a uns 300 metros de onde dona Mirica e seu José Mendes ergueram a venda, enxerguei um gaúcho bem pilchado, montado numa égua de pelo lustroso. Foi então que lembrei do meu amigo Leco, o campeiro, que sumiu na polvadeira para os lados dos castelhanos. Que fim o mundo deu dele? Será que ainda vive? Pouco provável. Restou a saudade, dele e de todos os gaúchos que a pata de cavalo sustentaram nossas fronteiras, trabalhando de sol a sol ou peleando nas revoluções. Ficou a lembrança de um gaúcho pegando a estrada. Ficou o punhal de prata pendurado na parede.

De laço atado nos tentos

Dom Firmino tinha sido um dos maiores laçadores que já pisaram por aqueles pagos da Vila Rica. Era a fama. Por isso, quando ele apeava no bolicho, já alquebrado, velho, numa petiça douradilha, todos abriam espaço e o saudavam com entusiasmo. Um dia, o Lampião, xiru novo e atrevido, gritou bem alto: "Acaba de chegar o mais habilidoso de todos os gaúchos dessas plagas, Dom Firmino, o laçador". O velho tocou a aba do chapéu, em sinal de agradecimento, mas disse: "Não sou mais nada, meu filho, hoje nem ando mais com laço atado nos tentos". Para o antigo peão de estância, tropeiro dos buenos, conhecedor de vaus e caminhos, vaqueano dos quatro costados, a vida só tinha sentido se um homem ainda tivesse força no braço para revolear um doze braças e fazer o boi trocar de ponta num pealo de cucharra. Na sua concepção, velho e afastado das andanças teatinas, não carregava mais nos tentos seu afamado laço de couro de boi brasino porque já era um utensílio sem serventia.

Agora, tantos anos depois, compreendo perfeitamente o que Dom Firmino queria dizer. Ele sabia que seu tempo havia passado, vivia um entreato à espera do fim que já apontava na estrada real. Aquilo que tanto gostava de fazer já não podia ser feito. Por isso andava ao tranco na estrada, no lombo da petiça, sem gritos nem escaramuças, sem sorrisos, pitando um palheiro, rumo ao seu ranchinho no Passo dos Buracos, aguardando pela chegada inexorável da morte.

Era uma chácara simples, uma casinha caiada, um galpão cola de pato ao lado, dois cinamomos onde a petiça ficava à sombra e o poço. Criava umas galinhas, três ou quatro ovelhas, uma vaca de leite. Ao fundo, perto da sanga, se enxergava uma lavourinha de milho, feijão e mandioca. Solito e descartado, o ex-peão de estância consumia seus últimos dias com as juntas doloridas, reumatismo, dores pelo corpo em função das inúmeras quebraduras e uma úlcera estomacal que lhe impedia, inclusive, de tomar um aperitivo de canha pura, que tanto apreciava. "Me sirva um guaraná, seu Paulinho", dizia-me, resignado. "É o que o doutor Suta me permitiu, senão essa 'ursa' me come vivo", completava.

Ah, esses campeiros desassistidos do pago, quantos vi morrerem pobres, à míngua, após terem entregado suas forças para os patrões, nem sempre humanos e solidários. Quantos choravam mágoas e desatinos sentados ao redor do balcão, contando antigas proezas, recordando dias de setembro, de carreiras, tropas, gineteadas, churrascadas aos domingos embaixo dos caramanchões. Hoje, por onde andarmos, podem ser observados centenas de "Firminos" pelas lancherias e botecos ao redor das pequenas e médias cidades.

Penso neles, em suas vidas de entrega total ao trabalho. Lembro de Dom Firmino, o laçador, e constato que é dura a queda, mas é preciso se agarrar no que temos e somos, pois o lançante é forte, a estrada é pedregosa e a rodada pode ser feia. Sei, a geada do tempo já vem me branqueando as melenas, meus músculos e nervos às vezes teimam em fraquejar, minhas pernas querem pedir vale, mas não me entrego. "Coragem", grito para dentro de mim, enquanto adelgaço o Tostado, aperto bem os arreios e num upa salto para os arreios. E saio a camperear nesta nova manhã, neste novo dia, outra vez, de laço atado nos tentos.

Doces mágicos do Vespa

Para quem sai da Vila Rica em direção a Tupanciretã, pela antiga estrada real, uns sete a oito quilômetros, não mais que isso, chega-se ao antigo povoado de São João do Barro Preto. É depois da linha férrea. Atingiu o auge nas primeiras décadas dos anos 1900, com a antiga charqueada. Havia até uma estação de trem, uma escola e, mais tarde, o hotel do Vespa. Seu Vespasiano havia colocado um letreiro vistoso, "Hotel São João", mas o nome nunca pegou. Embaixo, além da recepção, havia um escritório, a cozinha e uma área envidraçada onde funcionava o restaurante, que era transformada, aos domingos, em salão de baile. Como era guri, não podia entrar nas matinés domingueiras, onde se apresentavam os mais concorridos conjuntos musicais da região. Os Irmãos Mello tocavam um domingo sim, outro não. Eram contratados do Vespa. Na folga deles, apareciam bandas de outras localidades, iniciantes de toda ordem. O porteiro avisava: "Hoje é um novato do Rincão dos Bastos", ou "são dois gaiteiros da Serra", e por aí afora.

A senhora Maria Carolina, a dona Cacau, era esposa do Vespa e uma doceira de mão cheia, afamada desde os tempos de mocinha, quando chegara em São João, carregada pela mãe, uma senhora corpulenta e branca vinda de Jaguari. A despeito da brancura da mãe, Cacau era morena e atarracada, razão pela qual diziam que a menina teria sido adotada. A velha senhora, que nunca falava nisso, começou a fazer doces para vender para festas. Um dia, quando o jovem Vespa foi buscar uma encomenda, comeu um docinho oferecido pela menina e nunca mais esqueceu aqueles olhinhos miúdos e alegres. Anos depois, quando a velha morreu, Vespa ergueu o hotel e casou-se com a filha dela. Assim, a doceira virou lenda porque se um casal comesse um de seus doces junto era tomado de uma paixão avassaladora. Nos bons tempos do hotel, casais com problemas de relacionamento vinham de longe se hospedar ali apenas para comer a tal guloseima à base de chocolate com recheios especiais, passearem de charrete por ruas repletas de amoreiras, pêssegos e pitangas, nos fundados da propriedade, e aproveitarem da repentina reaproximação.

Um dia, quando fui levar um rancho de carroça perto do hotel, parei e comprei uma pequena cestinha de doces, que eram vendidos na entrada por uma senhora com cara de cigana. Minha intenção era dar de presente para a Belinha, uma colega de colégio na cidade por quem era apaixonado. Contudo, ensaiei diversas aproximações, mas fiquei com vergonha e não dei os doces. Eu chegava perto e a Belinha não me via, ou olhava e não enxergava. Senti que era melhor eu devorá-los sozinho, e assim fiz, comendo um a um até que terminaram.

O Vespa morreu num final de verão, nem tão velho, mas se empanturrou com um prato de canjica e costela de porco. Teve um ataque cardíaco, pois comia muito doce e sofria de diabetes desde que se casara com a Cacau. Esta viveu durante muito tempo no antigo prédio do hotel, mesmo depois dele virar apenas escombros no meio da solidão da vila. Esses dias passei por lá, praticamente nada existe mais. Estava prestes a entrar no carro quando uma menina morena, atarracada, segurando um tabuleiro, me interpelou: "Moço, compra um docinho de chocolate?". Comprei todos, para adoçar a vida enquanto escrevia este causo.

Sol, a "Castelhana"

Soledad, a Sol, vivia numa casinha simples, depois da Esquina Maboni, num recanto entre a estrada real de Tupanciretã e a linha férrea. Era uma área pública usada por tropeiros para descanso de gado porque bastava um peão para manter a tropa presa. A cerca das terras dos Bañolas vinha até um pedaço, fazia uma gambeta para dentro, se abria entre bambuzais e só parava nos trilhos do trem. À beira da estrada estava erguido o rancho da "Castelhana", como a chamavam. Não era uruguaia, como pensavam, mas havia nascido na Fronteira, tinha sotaque carregado. Ela também nunca se importou e, por fim, até incentivava para que assim a tratassem. Dizem que viera ainda guria para a Vila Rica, trazida por uns carreteiros que faziam o transporte dos dormentes para a construção de estradas de ferro a partir de Cacequi. Foram dias e dias levando solavancos da carreta, ouvindo o rangido dos eixos e o assobio monótono dos tropeiros acompanhando o tranco lerdo dos bois. Por isso, já na velhice, colocava uma cadeira de balanço em frente à casa, ficava a beber um mate lavado e a assobiar antigas canções. E gritava: "Olha o tranco, Jaguané! Vamo, vamo, Pitanga...", recordando a longa travessia de antanho.

Havia sido encontrada desmaiada, ainda criança, ao lado da linha, possivelmente atropelada por uma locomotiva. Os carreteiros a salvaram com ervas e a alimentaram com leite de égua. Não lembrava de nada do passado, mas cresceu uma moça forte e braba, quase selvagem, que apavorava algum maroto que tentasse tocá-la porque gritava, esperneava, arranhava e mordia. Assim, foi afastando os homens, a fama cresceu e se manteve intacta por muitos anos. Porém, um dia, uma febre terçã tomou conta de seu corpo juvenil e ela saiu costeando a restinga, nunca mais voltou para a casa da viúva que a criava e veio se instalar na tapera. Quando se deram conta, a casa estava recuperada. Teria começado assim: de uma hora para a outra amanheceu um cavalo encilhado debaixo dos cinamomos. A fama que a Castelhana estava "sesteando para fora" correu logo e, depois, com o decorrer dos meses, outras moças vieram morar no lugar.

Recordo que a Castelhana ia pelo menos uma vez por semana no bolicho. Um dia me convidou para conhecer suas "gurias". Curioso, fui, mas ao chegar empaquei, dei meia-volta e retornei apavorado, com medo e vergonha. Um ano depois, já mais velho, meu pai disse que era hora de fazer uma visita à casa branca dos prazeres mundanos, cujos quartos ficavam sempre com luz acesa até o amanhecer. Fomos num sábado. Houve uma pequena conversa entre o velho e ela, depois fui empurrado para dentro de um quartinho com um pequeno catre. Quando saí, estava diferente. Ainda trêmulo, fiquei dias sentindo na boca o gosto do mate amargo da "sobrinha" mais querida da Castelhana, a Maruca. Nunca voltei à casa encantada e, anos depois, virou tapera de novo.

Recentemente, de férias na Vila Rica, fiquei horas olhando para o sol se deitar para o lado da banda oriental. Foi quando parou um caminhão e o motorista perguntou: "O amigo sabe me dizer se aqui vivia um tal Antônio Carreteiro? Sou neto dele". Respondi: "Seu Antônio morava mais à frente, no São João do Barro Preto. Aqui era o paraíso de dona Sol, a Castelhana...".

Madre

Quando a madre Mathilde foi transferida para um convento de Cruz Alta, as enchentes haviam interditado as estradas. Ninguém na Vila Rica quis fazer o transporte da religiosa. Todos ficaram com medo, menos o caminhoneiro João das Cruzes, o Jô. A madre ficou tão nervosa que precisou ser atendida, e o Jô parou lá em casa, no bolicho, para minha mãe aplicar uma injeção nela. Dona Mirica era especialista nisso, quase enfermeira. E tinha seus apetrechos, estojo, agulha, aparelho e mão ágil. O detalhe é que além da madre, Jô estava levando na carroceria uma ninhada de cachorros, os filhotes e a mãe, que tinham sido abandonados em frente à sua casinha, ali na beira da Estação Ferroviária. E um dos filhotes acabou caindo do caminhão. Foi a madre, ficou a cadelinha órfã. Quando desci do Amarelão, o ônibus da Estação Experimental em que íamos para os colégios da Vila Rica, naquela linda manhã de sábado de maio, vi a cachorrinha deitada, enrolada, quietinha, tão frágil, um trapo. Tinha o pelo gateado e uns olhos tristes tal os que se sentem solitos no mundo. Mas quando a mãe viu o bichinho, que nunca se soube se caiu de fato, foi jogado ou se atirou de livre vontade, o pegou e deu comida, leite e água.

Então a cachorrinha virou a "Madre", porque a mãe achou que ela tinha os mesmos olhos dela, claros, grandes e soturnos. A Madre cresceu rápido. Arteira, serelepe, vivia entre as vacas leiteiras, pulando no pátio, roubando nossos carpins, escondendo as chinelas, roendo as pernas da mesa da cozinha e as botas do pai. Ah, eu me afeiçoei tanto àquela cachorrinha, confesso, que até hoje, mesmo passados tantos anos, só recordar e falar sobre ela faz meus olhos ficarem encharcados de saudade. Não sei se é só dela, mas também da juventude que tínhamos, do tempo que passou, de tudo que não volta mais. Nas tardes quentes de verão, ela ficava deitada ao meu lado, de barriga para cima, brincando, parece que sorria, toda satisfeita. Nas noite frias do inverno, se encolhia, perto do fogareiro, e abria os olhos, como quem cuida de um amigo doente.

Alguns anos depois, teve sua primeira ninhada. Cãezinhos lindos. Eu observava sua dedicação, lambia, dava de mamar pacientemente e, quando um cusquinho mais mirrado ficava sem teta, empurrava os mais glutões para um lado e alimentava aquele. Ao Cacique, seu filho, o único que ficamos, ela ensinou a fazer todas as "tarefas", cuidar da casa, ajudar na lida com as vacas leiteiras. Meu irmão jura que ela travava conversas com a mãe. Acredito, até porque fazia tudo que a mãe pedia.

A Madre foi um dos animais mais incríveis que eu conheci. Entre as tantas qualidades, contudo, uma se sobressaiu: tinha um dom que para mim foi tocante, o de não deixar ninguém órfão. Ela amamentou uma porquinha, cuja mãe foi vendida ainda cedo, depois um cordeiro e até uma chocada de pintinhos. Estes, como não mamavam, ela os criou esgravatando na terra, como uma galinha, para os alimentar. Eu me emocionava com a Madre porque tínhamos uma história em comum. Também tinha "caído do caminhão" e havia tido a sorte de ter encontrado pelo caminho uma alma boa que me salvou. Afortunados são os desamparados que encontram na vida uma mãe. Uma porta aberta no coração de uma Mirica. Ou de uma Madre.

Ausências de março

Lá fora uma aragem se forma em redemoinho, balança os galhos do arvoredo, espanta os bem-te-vis e sabiás, envereda em direção às casas, entra pela fresta da janela, embandeira as cortinas e avisa que está terminando o verão. Sinto cheiro de terra molhada e lembro dos marços da Vila Rica, quando, depois de três meses de férias, retomava a rotina do colégio, que incluía encontrar os parceiros do futebol antes das aulas, ouvir as novidades que cada um trazia de suas vidas e, sempre, sempre, perceber muitas ausências. Era uma mistura áspera de sentimentos. De um lado, a alegria dos reencontros e, de outro, a tristeza de constatar que um colega havia ido embora para nunca mais voltar. Cansou de acontecer. A gente era pego, normalmente, de surpresa, principalmente os que, como eu, eram "de fora", não moravam na cidade, onde as notícias corriam de boca em boca. Nunca estávamos preparados para o baque. Muitos professores também deixavam a escola, iam desenvolver suas atividades noutros locais. E a gurizada ficava pesarosa. Porém, os dias se atropelavam, surgiam novas parcerias e a vida seguia, feliz e quieta, como deveria ser.

Por isso hoje, passados tantos anos, ainda é em março que a ausência vem me cumprimentar com seu abraço de urso, tão pesado e duro como pedra de sanga. Parece que neste mês sinto ainda mais a falta dos amigos que se foram deste plano, aqueles que encilharam o pingo do destino e partiram, sem dizer adeus, sem olhar para trás. Sumiram na poeira da estrada, cansados de tantas tropeadas, de tantos apartes de mangueira, de tanto parar rodeio nesta invernada da vida. Neste momento, miro o campo e não enxergo as tropilhas de baios, o gado pastando ao longe, apenas um silêncio de ausências. Onde está meu cavalo Tostado, amigo que me acompanhava em longas jornadas naquelas manhãs radiosas da infância? Onde andam a Branquinha, a Zebua e a Preta, vacas leiteiras que ordenhava naquelas madrugadas antes de ir para a escola? Cadê o Lorde e o Cacique, cachorros de lei que tanta festa faziam junto comigo nos banhadais da Vila Rica, correndo atrás de preás?

Olho para dentro de mim e percebo como os dias passaram tão depressa, num rebanho de meses, de anos e de décadas. Sou agora um andrajo que arrasta as alpargatas barbudas por um assoalho carcomido de saudades. Sei, a vida é curta, fizemos apenas uma ínfima parte daquilo que sonhamos. Ou faltou tempo, ou disposição ou talento. O rio passou, as águas não voltam jamais e parecemos agora alguém à beira da estrada, solito, esperando carona, aguardando uma caravana que nunca virá.

Em um ponto distante, vislumbro taperas, partes verdejantes, as coxilhas, os cinamomos, um umbu, uns caponetes de eucaliptos que lembram de certo modo as estradinhas empoeiradas do rincão, quando voltava para casa a pé com a pasta de livros e cadernos na mão. Era só um guri campesino, eu e minha alma arrabaleira, um piá que ficou por lá e talvez ainda espere por mim.

Abro de vez a janela, a escancaro, e sinto a presença amiga dos ausentes. Estariam aqui de novo? Não sei, é possível, mas o sentimento é que gostaria de verdade que todos estivessem aqui comigo.

Uma tarde de maio

Agora as lembranças chegam aos borbotões, em lufadas, mas bem claras. Como aquele clarão que se abriu na tarde cinzenta da Vila Rica, quando o frio já eriçava o pelo do Tostado e deixava os cuscos enrodilhados no galpão. Desde a manhã um vento estranho açoitava o arvoredo já descarnado, as janelas do galpãozinho da frente batiam incessantemente e, de vez em quando, o mundo parava, se fazia um silêncio de tudo, menos do vento, que ia chegando cada vez mais frio, destrambelhado, louco, uivando pelos oitões como cães furiosos de agosto. Havia ido no colégio cedo e voltara a pé, com a pasta de couro na mão esquerda, deixando livre a direita para ir catando pedrinhas brancas e depois jogar nas aguadas ao lado da estrada de chão batido. Foi então que o clarão se fechou e o vento veio em rajadas, como parelheiro que larga correndo. Os cinamomos e os ciprestes na frente do bolicho se vergaram e o telhado da estrebaria voou. Um estalo pavoroso se ouviu para o lado da casa do vizinho Orcy Dal Forno quando o velho abacateiro se partiu ao meio e voou por sobre a horta, parando como um avião despedaçado uns duzentos metros ladeira abaixo. "Santa Bárbara, nos acuda", gritou dona Maria, que tinha vindo fazer umas pequenas compras. Eu e meu irmão ficamos segurando a janela da frente, que balançava e podia se escancarar, o que seria terrível para a casa toda, pois era grande e poderia comprometer todo o ambiente se não conseguíssemos sustentá-la. Quando o vento amainou, o céu desabou em estrondos de raios e trovões e quase desmaiamos quando uma espécie de bomba explodiu à nossa direita e uma tira de fogo correu pelo alambrado.

Tudo durou poucos minutos, mas para nós pareceu uma eternidade. Passado o susto, teve um momento em que o vento acalmou e ouvimos o grito da mãe, dona Mirica: "A Branquinha...". Alguns gritaram para que ela não saísse para fora, mas quando a vimos já estava correndo pelo potreiro. Desesperado, larguei a janela do jeito que estava e corri atrás. Enxerguei a vaca estirada na grama ensopada, com os cascos para cima. Outros animais também haviam sido mortos pela descarga. Um novilho de sobreano e duas ovelhas, os bichos que estavam perto da cerca. Eu tinha visto a Branquinha nascer, virar novilha e, depois, uma vaca mansa e leiteira como ela só. Ficamos ali, sentindo o frio da garoa na cara e chorando de tristeza.

A noite chegou silenciosa e pouco falávamos. Fechamos o bolicho cedo. A janta foi mastigada, e a mandioca cozida com espinhaço, que tanto gostava, nem senti o gosto. Só sentia o amargo da melancolia pela dor de ter visto nossos bichinhos vítimas de um fenômeno tão forte da natureza. Então pensei numa frase que seu Turíbio havia me dito. "Deus dá e tira. Mas também retira e devolve." Fiquei mexendo com um pauzinho as brasas do fogareiro a carvão, enquanto admirava as chamas bailarinas que desenhavam sombras na parede. O pai, José Mendes, deu uma tragada forte no palheiro, soltou a fumaça e disse:

– Este ano o inverno vai ser comprido.

Depois, puxei o velho poncho para cima do corpo franzino e peguei no sono. Sonhei que tomava o apojo da Branquinha na mangueira num alvorecer de primavera.

Na bruma do tempo

A saudade é uma potra xucra e arisca que vem, escaramuça dentro do peito da gente e se vai de crina e cola em bandeira campo afora, a cheirar o dulçor das pitangas. É um animal que não se deixa domar, não tem dono e, por reiúna, aparece a qualquer hora do dia ou da noite. Agora mesmo, vi uma neblina tapar os morros aqui onde estou e me lembrei na hora da gauchada pavena que vi desaparecer assim, na neblina do tempo. Recordei dos tropeiros, de dom Firmino, de seu Neto, do Alemão do Cerrito, do Juca Mariano, dos meus tios Selmar e Cizinho, todos campeiros de lei, todos gaúchos de velha cepa, todos gente guapa e haragana, que tinham o dom de laçar, pealar, repontar gado na estrada, apartar novilha no rodeio, curar bicheiras, assar carne mesmo com chuva. Eram vaqueanos. Lembrei de meu pai encilhando despacito, se preparando com calma para uma tropeada, porque para essa gente nada podia ser feito no afogadilho.

Foi por essa cerração que eles partiram, ao passo, se distanciando deste mundo por onde cruzaram sem serem percebidos, sem serem notícia, sem matérias em suplementos domingueiros, sem vídeos que fizeram sucesso nas redes sociais. Às vezes, contudo, alguns deles foram citados *en passant* em causos de galpão contados ao lado do fogo de chão. Muitos, ninguém lembra mais, sumiram na volta da estrada, viraram cinzas e deles não sobraram nem fotografias. Ah, minha gente sofrida e humilde desses fundões de campo, que passou ao léu, sendo uns lerdos e mansos, outros matreiros e andejos, mas que levaram a ânsia de liberdade nos olhos de vidro, molhados e, juro, não era por causa da poeira da estrada.

Foram-se como duendes das pradarias, das imensidões sem fim, das voltas de mato, dos vãos e vaus, das canhadas e coxilhas ondulantes e esverdeadas, dos desertos e campanhas, das soledades e campos de maçanilhas em flor. Ficaram arreios suados, rédeas mastigadas por roedores das madrugadas longas, sobraram galpões em ruínas, cambonas enegrecidas, esteios pintados de picumã, uma cuia empoeirada numa prateleira, LPs de cordeonas de três "hileiras" onde são venerados por gente que de fato nunca os conheceu. Inventam, falseiam, dizem coisas descabidas sonhando estar perpetuando a história, mas nunca viveram ao lado deles, nunca os viram trabalhar, desvirtuam a realidade, alteram sons e significados, metaforizando tardes que não presenciaram e pátios onde jamais desencilharam.

Porém, os saúdo, campeiros das artimanhas do tempo, das garoas de inverno, dos temporais de verão, das geadas, sóis e arrabaldes. Contudo, por onde se ande, ficará algo de vocês, os esquecidos, os desprezados pelos etimologistas, embora não se veja mais seus vultos, pois se mandaram com seus pingos lustrosos, banhados de suor. Já atravessaram as cancelas, as cercas de pedra, os aramados, os pontilhões de tábuas. Foram-se e não mais voltarão porque a história não se repete e, embora semelhante, será sempre diferente. Fincarei pé, resistindo solito, peleando com uma adaga enferrujada e torta, de freio e pelego na mão, pedindo cancha e vaza, para os defender e os lembrar, pois são vocês que me moldaram como tijolo de baldrame, forte e rijo, para nunca esmorecer. Ficou a saudade. Restou o esquecimento. Sobrou a bruma.

O outono nas tamancas

Tudo começou com uma trovoada forte, que ecoou por cima do mato de eucalipto, cruzou a Esquina Maboni, assustou os guaxos no potreiro do finado Janguta, levantou em bando os rabos-de-palha das taquareiras e entrou com hálito morno na varanda do bolicho, onde um pequeno grupo de homens cansados pensava num rol de haveres, em restos de havidos, coisas que chegaram e se foram, num março chuvoso, sem ter tempo de olhar para trás. Dali a pouco o céu pintou o poente de picumã, a mão envelhecida de um tropeiro remexeu no bolso furado da bombacha em busca da imagem da Santinha, já perdida, bem na hora que a chuva desabou, batendo forte no vidro esverdeado da janela da frente, que, açoitado pelo vigor da tromba, se fez em cacos. Um cusco baio e magro que dormia enrodilhado no assoalho carcomido levantou-se com os olhos arregalados e uivou sentado no baldrame, ameaçando, em vão, o tempo e o espaço. Seu Turíbio, impávido, olhou pra fora e disse:

– Apresento a "vanceis, seo Otono".

Era um tempo em que as tropas ainda passavam por terra, ariscas e babando pela estrada real, vindas do Abacatu, do Guassupi, do Espinilho Grande, da Picada das Mulas, do Rincão do Quebra Queixo, da Cascata da Noiva, do Itaroquém, do Coqueiro Baixo, da Carquejinha, do Passo do Feio, da Caneleira, do Açude do Boca Torta, do Lagoão, da Igrejinha dos Medeiros e de todas aquelas voltas de mato, estâncias sem fim, distritos, povoados que se escondiam entre coxilhas e coivaras a se perder de vista. Época em que a rodovia federal ainda era empedrada, sem asfalto, os tropeiros a evitavam e repontavam o gado pelas estradinhas vicinais ou por dentro das estâncias, com a permissão de donos e capatazes.

Depois das pescarias e longos jogos de bola no verão, das caçadas de preás, da carne assada debaixo dos ciprestes e cinamomos nas férias escolares, dos banhos de sanga e lajeados, o outono era uma espécie de recomeço, de refazer planos, um entreato campeiro à espera do Inverno, o senhor das geadas, dos dias curtos, das noites tão longas, das garoas geladas, das rajadas do vento frio que vinha do lado dos castelhanos. Por alguma razão inexplicável, se arredavam as coisas de lugar, se trocavam os móveis, invertiam-se as cadeiras de lado, mudava-se o chapéu, agora mais grosso, e dona Mirica abandonava as chinelas e calçava, instintivamente, as tamancas de madeira para tirar leite na mangueira.

Agora aqui, caminhando debaixo das frondosas árvores da Redenção, com os tênis pesados de tantas folhas molhadas e grudadas, chegam essas lembranças outonais. É o bolicho, é o balcão com cheiro de aguardente, querosene, banha e fumo em rolo, são os campos, os matagais, as tropas em direção à charqueada, os antigos tratores que cruzavam a estrada bufando e gemendo fumaça, são os estudantes com suas camisas brancas esperando o ônibus, ajuntados na parada, com pastas e cadernos na mão. É o velho par de tamancas de dona Mirica, sujo de barro e fiapos amarelados.

Ah, meus amigos, olho para essas rugas na cara e pressinto a hora de voltar para casa. Ficou um pedaço de mim perdido na confluência dos dias e estações. Ficou na memória o olhar maduro do outono nas folhas de plátano que escorre num rio de bronze pelos campos da saudade...

As folhas perdidas

Caminho pela Redenção, piso em folhas secas, pecíolos, gavinhas, torrões ressecados, flores desbotadas e lembro da Vila Rica, já tão distante, quase perdida na memória. Um olho alaranjado parece me olhar, de novo, como me olhavam as folhas de plátanos que se soltavam dos galhos na Esquina Maboni, em frente ao velho casarão que, por ironia do destino, veio a ser nosso, anos mais tarde. Quando o pai comprou parte da chácara, derrubou o casarão em ruínas. Não tínhamos condições de restaurá-lo. A casa velha representava o fim de uma era, onde os Maboni haviam construído um matadouro, coudelaria e, nas suas terras, muitas famílias ergueram moradas a preços irrisórios. Era o nosso caso. Depois, quando o velho Maboni morreu, meu pai comprou um pedaço da terra, mas seguimos sempre morando em frente ao CTG, a uns 500 metros da esquina. Hoje, ela ainda está ali, impávida, mas os plátanos se foram, não há mais vestígios das folhas secas nos tantos outonos que passamos juntos.

Lembro do seu Orcy, nosso vizinho, voltando a pé do trabalho no Posto de Sementes, ao final das tardes, calçando as sandálias de borracha que ele mesmo fazia com pneus velhos. Às vezes, algumas folhas se grudavam nelas e ele passava em frente ao nosso bolicho como um homem-folha. Eu achava aquilo tão engraçado. Outro vizinho, seu Alcindo, usava tamancos e trabalhava na cooperativa de carnes. Vivera alguns anos numa comunidade de poloneses no Noroeste e lá aprendera a usar aqueles calçados rústicos que ecoavam nas madrugadas em que passava pela nossa casa em direção ao serviço. Ambos eram amigos de meu pai, que sempre andava de bota e bombacha e detestava as folhas dos plátanos. Gaúcho dos antigos, gostava de bons pastos, grama para alimentar o gado, não era adepto de árvores ornamentais. Mas quando fez a morada próximo dos Maboni, plantou ciprestes em frente à casa de madeira, e mais dois cinamomos. Com o rolar dos anos, eu o achava parecido com os ciprestes, e os cinamomos, com minha mãe, mas era a imaginação que àquela época já costumava ter, para passar o tempo que escoava lento.

Ah, o tempo... Hoje queria que voltasse a caminhar devagar como antes. Hoje ele corre como os cachorros lebreiros dos Moreira. Eles tinham matilhas grandes, um cão mais esbelto do que o outro, exímios caçadores. Eram muitos irmãos, parentada grande, todos habilidosos em suas profissões, como carpinteiros, pedreiros, ferreiros e motoristas. As mulheres eram ótimas cozinheiras, bordadeiras e costureiras. Eu conheci e era amigo de alguns Moreira, gente alegre, expansiva e genuína. Gostava de ficar olhando de longe os lebreiros correndo na esquina, levantando a folharada em redemoinho.

Mas nada se comparava às tropas de outono, reses tangidas a gritos de peões bem montados e a dente de cachorro. Animais lindos, gordos, cada pelo maravilhoso, reluzente, jaguanés, salinos, barrosos e brasinos... todos em direção do matadouro. Depois, à noite, os via em sonhos, aqueles couros voando misturados às folhas do outono castilhense, do outono das tropas, do outono dos tropeiros, dos gaúchos, da tradição e dos costumes antigos, das lebres correndo nos campos verdejantes. Sim, tudo voou para longe, muito longe...

A cara amarga de junho

Maio se foi e chegou mais um junho de cara amarga e olhar enfarruscado. Chegou montado num matungo lobuno, magro, anca de vaca, cabano, manoteador e bufão. Ah, minhas amigas e meus amigos, essa cara chumbada eu conheço muito bem, ah, se conheço... Cara de quem traz as primeiras geadas, as mais sentidas, que encarangam os pés, os dedos dormentes, um friozito campeiro que enregela os ossos e a alma dos viventes. Quando guri, na Vila Rica, eu sabia que junho era assim, já me preparava. Puxava de dentro do velho armário meu blusão de lã, de trança uruguaia, e deixava oreando nos últimos sóis de maio. Limpava as botas de borracha, forradas com sacos plásticos do açúcar Cristal. Também passava um pano úmido na japona azul-marinho, revestida por dentro. Costurava os buracos dos dois pares de meias de lã que tinha e fosse o que Deus quisesse. Era a vida, e era fria.

Um dia, num finzinho de maio, seu Turíbio chegou ao bolicho e me viu naquela lida. "No que está tão entretido, meu filho?", perguntou o velho rabugento. "Preparando os trapos de inverno, pra que não me pegue desprevenido", respondi, ao que o ancião contrapôs: "Isso é bom, mas hoje em dia não faz mais frio como antigamente". Seu Turíbio tinha a teoria que com o passar do tempo os invernos iam mermando a força, como as pessoas perdem o vigor dos músculos enquanto envelhecem. Eu discordava daquilo, mas silenciava, pois de que adiantava discutir com aquele cabeça dura? Vivia dizendo "no meu tempo isso, no meu tempo aquilo". O melhor a fazer era servir o aperitivo dele e partir para assuntos mais amenos. Era do tipo mal-humorado. Então, enchia o copo de aguardente com bitter e dizia algo que ele gostava. "Conte aquele causo da geada grande que congelou as pernas da cuscada, seu Turíbio..."

Quando principiavam os primeiros frios do inverno, a mãe, dona Mirica, mandava eu e meu irmão separar roupas em desuso, rasgadas, e calçados. Muitos anos antes das chamadas campanhas do agasalho, a bolicheira entendia que, mesmo pobres, poderíamos ajudar pessoas em situação ainda pior que a nossa. Antes das doações, o material arrecadado era lavado, passado, costurado, e os calçados eram limpos e engraxados. "Não adianta dar algo que não tem condição de uso", dizia, enquanto, no final da noite, depois da janta, se atracava em sua máquina à mão, a costurar camisas, camisetas, meias e tudo que encontrássemos atirado em alguma cômoda ou nos galpões.

Já passados tantos anos ouço, outra vez, o vento de junho balançando os braços nus do arvoredo, o barulho das taquareiras lá embaixo, perto da restinga. Enxergo os cuscos enrodilhados ao redor do braseiro no galpão grande, Tostado mastigando milho na cocheira. Vejo, lá na parada do Amarelão, a gurizada entrouxada esperando para ir à escola, encolhida, em algazarra. Sorrindo e feliz no meio da brancura gélida da geada. É com este mesmo sorriso no rosto que dou as boas-vindas para mais um inverno na tropilha dos meus anos, como se fosse ainda um estudante, um guri de campanha sem medo da vida e desse vento maleva. Somos do Sul. Temos tutano nos braços. Somos o povo do cavalo, filhos do minuano e assobiamos mansas milongas enquanto esperamos pelas escaramuças de setembro.

Inverno, fogo e a vida

Aqui me paro, sorumbático, nesta manhãzita fria de junho, sentindo os músculos cansados, uma dor nas juntas, com a coluna retorcida por tantos invernos. Vejo neste espelho enferrujado um rosto amigo, cheio de rugas que o tempo desenhou, os cabelos já branqueados pela geada dos anos. Porém, os olhos são duas nazarenas que brilham até no escuro. E enquanto essas esporas estiverem emitindo luz, o coração, mais abaixo, estará pulsando no compasso ponteado de uma milonga missioneira. "Não te afrouxa, meu filho", escuto a voz mansa e clara de dona Mirica, que o vento traz e deixa esparramada no chão do pátio, junto às folhas amareladas da amoreira. Então, a alma aquece, tomo mais um mate e um calor invade o corpo deste bolicheiro de campanha que hoje vive a contar causos que são seus e são de todos. E lá estão as chamas a bailar na saudade.

Ah, quantos fogões campeiros toureei neste já meu longo andejar. Fogo de chão, fogão e lareira. Fogo taludo, foguinho mixe e até fogueira de São João. A pele arrepia apenas de lembrar. Quando, no inverno, como agora, esperava o pai, José Mendes, com o fogareiro a carvão aceso, as chamas subindo e dançando, fazendo murisquetas e atirando faíscas no piso de chão batido da humilde cozinha rural. Eu não tinha ideia de como fomos tão felizes nos remendos de nossa pobreza, o pai, a mãe, os dois filhos, unidos em prol de uma vida simples, cada um com suas responsabilidades.

Formávamos um time pequeno e uno, todos davam aquilo que podiam e creio que vencemos as lutas que travamos.

É impressionante como o tempo passa e vamos nos dando conta de que não precisamos de muitas coisas para viver bem. Basta um lar, uma casa, uma cama para dormir, um prato na mesa, uma roupa no corpo, um calçado nos pés, um carinho do pai e um beijo da mãe. Basta um caniço de taquara no ombro em um domingo de manhã, uma sanga, um anzol e um lambari. Basta um campinho, uma bola de couro rasgada, duas estacas e um sonho de guri. Uma água fresca recém-tirada do poço. Não é necessário mais que um fogo de aroeira e angico, um espeto de pau e um churrasquinho debaixo de uma ramada às margens do Guassupi. Basta ver a mãe fazendo uma salada de maionese, de avental sobre o vestido surrado, rindo com as irmãs, batendo gemas de ovo numa caneca alouçada e contando causos de assombração. Ou enxergar o pai chegando de uma tropeada, apeando do Tostado suado, assobiando *Tordilho Negro*, do Gildo de Freitas.

Nada mais é preciso. Realmente, não carecemos de muito. Mas vem a vida, nos arrebata tudo e leva embora o que tínhamos de melhor. Por quê? Ficamos sem a bola, sem o caniço, sem o lambari, sem os domingos ensolarados, sem o fogo de chão, sem a graxa pingando no braseiro, sem o futebol no campinho das taquareiras, sem o tropeiro que chegava feliz, sem a maionese caseira feita pelas mãos amadas da bolicheira. Sem os sonhos e sem as alegrias. Sobra este gosto salobro na boca, resta o inverno com sua açoiteira comprida e gelada. Porém, não me entrego. Com o lápis, risco o ar, em círculos, como se estivesse remexendo num borralho imaginário. Assopro uma, duas vezes. As brasas renascem e vivo tudo outra vez.

Garoa com vento

Uma chuva miúda me ensopa, agora, quando já estou inexoravelmente afogado. Sinto a garoa guasqueada, mesmo assim, batendo nos ossos, fustigando os entremeios, macerando os nervos e músculos como se vestisse um velho poncho em frangalhos debaixo de um aguaceiro de junho. Estou só, eu e minha alma, perdido, como uma tapera de mim mesmo, batendo tições em madrugadas de ausências. Tenho procurado em vão tantas coisas, tenho gritado e chamado o nome delas, mas elas não vêm e nem me escutam. Às vezes, ouço o eco distante que responde e prolonga a pergunta, mas nunca dá resposta. Até quando? Ah, que madrugada mais fria... Lá fora essa garoa com vento, mas sinto-a aqui, bem aqui, meus irmãos, machucando couro e alma. Esfolando.

Quando guri, fui bastante castigado pelo frio naquelas manhãs geladas em que buscava as vacas para a mãe, dona Mirica, ordenhá-las. Eram três, quatro, até cinco tambeiras, nunca mais que isso. Às vezes só duas. Lembro de que eu tirava leite das mais mansas, como a Pretinha, mestiça a Jersey, que soltava o leite mais fácil. Eu atava as vacas, maneava as coiceiras, soltava os terneiros, preparava tudo para a mãe terminar a tarefa. Depois, ia me lavar, vestir o uniforme e ir para a escola na cidade. Todos os anos, inverno após inverno. Foram tempos duros, mas sobrevivemos e aprendi nesta faina a respeitar o inverno e suas garoas compridas, o vento frio de agosto, as geadas temporonas no fim de maio, os açudes petrificados em julho. Ah, meus amigos, só quem congelou os pés nas madrugadas campeiras sabe o que é isso. Mas também aprendi, e essas experiências me trouxeram até aqui, mesmo esgualepado.

A chuva que me ensopa é simbólica. É a saudade dos companheiros que se foram para nunca mais voltar, foram camperear noutras querências. Mas deixaram saudades, ficaram legados de convivências, cada um deles aprendeu e ensinou muito a mim e a tantos. Quase todos cumpriram suas missões. Alguns não puderam, por acidentes ou negaças da vida. Sempre penso nessa gente com quem convivi e naquilo que me repassou. O frio que me invade é a metáfora das paixões que tive e não pude retribuir à altura, pois ficaram pelo caminho. Os amores que poderiam ter sido e não foram. Então deposito aqui, na pedra da memória, minhas sinceras desculpas. Tudo o que fiz ou deixei de fazer não teve nenhuma má-fé. Foram decisões que tomei, não sei se as melhores, mas foi o que o coração mandou.

Amanheceu. Olho lá fora e a chuva miúda cessou, agora está soprando um ventinho que chacoalha os galhos descarnados do arvoredo. Ao longe, uns galos atrasados abrem a goela, um garnizé responde miúdo ao canto macho de um carijó. Vou me sentindo um pouco melhor, já quase seco. Esta prosa me fez bem, abrir meu peito e desnudar minha alma teve o efeito de fechar as cicatrizes que trago. Então, "encilhei" o mate e já me preparo para este novo dia. Que venha, estarei pronto, porque o bolicheiro que mora em mim nunca morre, o guri carroceiro segue na boleia, o leiteiro nunca para de buscar as vacas nas manhãs de inverno, todos os dias, em todas as estações. E troco a chuva triste por uma alegre esperança. Como escreveu o poeta Antônio Augusto Ferreira, "vida que acorda antes do fim, um sol de maio que dorme em mim..."

Xiru das invernias

Tu chegas de longe, te reconheço! Vens trazendo por diante uma tropilha de noites longas, de cem vigílias e mil insônias, nesta querência querida que já não vejo, só pressinto... Ontem mesmo vi o arvoredo de braços desnudos, a passarada se recolhendo cedo para seus galhos e poleiros. A tarde caiu ligeira para o lado do poente, a luz minguou meio que de repente e meus olhos se quedaram mais tristes que vitrais de cemitério nessas cidadezinhas de interior. Ah, antes tu não me alteravas em nada com teus ventos frios, pois era um tempo que eu vivia ao largo das intempéries, com meus músculos e nervos fortes, minhas pernas rígidas, meus ossos de aço, que sustentavam queixos de potros, cabos de arado, rédeas e mangos, saraquás, machados e facões, máquinas de espichar arame, laços de quatro tentos e doze braças, boleadeiras, canzis, cangas e regeiras, enxadas, serrotes, pás e socador. Eu era um monarca sobre os arreios, com meu cavalo e os dois cachorros ovelheiros fazíamos trocar de ponta qualquer novilho fujão. Nas patas da minha tordilha negra e nos dentes dos cuscos, tiramos num upa muita vaca escondida no mato.

Te apeie, não te faças de rogado, entre no galpão, o fogo está aceso, puro cerne de guajuvira, pau-ferro e aroeira, vamos bater tição com tição, eu tenho tanta coisa para explicar, assim despacito, entre um mate e outro, no bico da cambona. Te acomode neste cepo e olhe para esses cabelos brancos, estás vendo? E essas mãos calosas, cheias de cicatrizes e sulcos? Tudo culpa tua, sabias? Ah, não? Foi quem, então? Ah, o tempo, sim, o tempo também, mas se tu não fosses tão severo, com longas chuvaradas, geadas tão fortes, dessas que só se dissolvem perto do meio-dia, se tu não trouxesses na garupa essas garoas com vento, certamente eu não estaria neste estado deplorável. Confesse, tu tens um prazer cruel em nos fazer sofrer por esses descampados por dias e noites a fio. Por quê?

Eu me preparei para te receber, tu e teus comparsas, que vêm uivando pelos oitões do rancherio, tua fúria e teus sopros gelados pelas coxilhas e várzeas como um fugitivo alucinado. Junto contigo vêm sempre anciões que gemem e imprecam desesperados, e tu, batendo de porta em porta, socando as janelas desses ranchos de campanha e casinhas simples dos arrabaldes. Não te eximas de tuas culpas por tantas mortes de bichos magros nesses junhos congelados e de gente cansada de tuas agruras. Sim, estou preparado para este embate, amigo velho e sorrateiro, embora confesse que a cada ano já me encontras um tanto mais covarde.

Está bem, Dom Xiru das Invernias, eu te abraço, por fim, cansado de tanta estrada, sovado de arreio, de muito trote e galope por esses rincões esquecidos da minha terra. E não repares, Senhor Inverno, nesta lágrima que rolou pela cara já estropiada. Ela é uma singela homenagem àqueles que aos céus se fizeram de viagem. Os que nunca mais voltaram. Então, por fim, te perdoo, pois já sou uma tapera abandonada à beira de um corredor onde não passam mais tropas, nem lustrosos pingos, nem peões em busca de diversão. Assim, abatido como um touro atingido pela adaga no sangrador, te suplico: mate-me num golpe seco, sem cerimônias, porém não me estrangules com esses dedos longos e duros da solidão...

Covardia dos invernos

Ah, essas invernias que se aprochegam todos os anos são tão covardes. Trazem um farto armamento de fios e redes, que cortam nacos de nossas carnes murchas e ressecadas e enregelam a nossa esperança. É sempre assim, esperam por nossas fraquezas e atacam, inclementes, deixando-nos arrasados, depauperados, num mato sem cachorro, só com o cabo da adaga na mão. Com frio e fome, somos presas fáceis para esta cambada desnaturada. E agora aqui estamos, inverno velho, cansados, solitos, atirando a esmo, nos defendendo desse inimigo que ronca impiedoso nos oitões do rancherio. Não tem mesmo vergonha esse pária das soledades campeiras, um ingrato que investe gemendo e assobiando sobre nossas fragilidades estampadas na cara. Te esconjuro, inverno brabo, volte para as lonjuras alvas de onde vieste e não pise mais por aqui neste ano. Te arranca! Olhe em volta, que temos nós a te ofertar se não essas coxilhas peladas, esses braços sem folhas dos nossos arvoredos e os remendos de nossa pobreza? Veja os ossos à mostra das vacas de leite e a cachorrada faminta. O que quer de nós, seu monstrengo desgranido?

Este ano tu me encontraste mais velho e mais fraco. Hoje de madrugada rapei o resto de erva que restava na bruaca e fiz um mate curto, ajojado com maçanilha seca e um punhado de capim-cidró. E fiquei mateando ao redor dos tições, batendo as achas umas às outras e recordando tantos dias de antanho, muitos amigos que se foram e que poderiam estar ainda aqui, agora, me fazendo um costado. Por onde anda o Alemão Rosauro, peão campeiro como ele só, sempre rindo e satisfeito, que nem ligava pros ventarrões frios de julho debaixo de seu poncho de baeta colorada. Apeava do tordilho e, arrastando as chilenas na terra batida, prendia o grito: "Seu Paulinho, me despacha, traga de vez essa canha, porque hoje se emborracha, o tropeiro da Campanha". Gostava de dizer versos de improviso, fumar um palheiro bem forte, tomar um gole de cachaça pura e contar causos picantes.

E o Mudinho, o Zé da Gaita, o Feio, o Lebrão, o Miguel, o Jardim, o Chico Pança, o Aranha, o Lampião, o Valter Passarinho, o Antônio Pithan, o Paulo Asdrúbal, o Juquinha, o Carlinhos, o Ronaldo e o Clécio, meu parceiro de futebol no final das tardes no campinho das rosetas? Por que não vêm, eles todos, matear comigo nesta madrugada tão solitária, triste, quase amarga de dor? Voltem, amigos, não tenham medo, vamos... venham me auxiliar nessa empreitada. Por que me deixaram aqui solito, envolto nessas inquietudes tristonhas, desesperado, tremelicando de frio?

Ah, senhor Inverno agourento e ladino, ave de rapina dessas plagas. Como encontras ainda parceiros, pessoas que te saúdam de forma tão entusiástica, será que é porque nunca viram os miseráveis morrerem ao relento? Vou juntar mais gravetos, vou assoprar as brasas da minha incompreensão e esperar até que te mandes campo afora. Vou tomar um trago largo, rememorar o passado e renunciar ao presente. Nem meu velho bichará de lã crioula me esquenta. Enquanto não te vais, carrasco velho, vou descansar o corpo ao lado das labaredas que bailam por riba do braseiro. Talvez, com sorte, verei em sonho o gado gordo pastando e a eguada luzindo o pelo numa manhã de setembro...

Causo de agosto

Agora mesmo estava me lembrando do fio desparelho do velho facão enferrujado, de cabo quebrado, com o qual cortava em minúsculos pedaços as mandiocas e canas para as vacas tambeiras nos invernos rigorosos da Vila Rica. Seu José Mendes vivia a alertar: "Cuidem, porque vaca magra e fraca morre em agosto. E não quero saber de vocês deixarem alguma morrer". Vocês, no caso, éramos eu e meu irmão José Luiz, quatro anos mais novo, na época uma criança. Sobrava para este que vos fala arrancar mandioca de dois, três anos e cortar muita cana durante a semana para alimentar o lote de leiteiras, mais terneiros, o cavalo carroceiro Tostado, algumas ovelhas e um porco de engorda.

Houve uma feita que seu Mendes anunciou, depois da janta, enquanto nos esquentávamos ao redor do fogareiro redondo a carvão, que iria receber, a título de pagamento por uma dívida, um lote de gado. Nós não tínhamos espaço para a bicharada, mas era a única solução encontrada para receber o montante que havia sido emprestado. O devedor estava endividado e ofereceu o gado. Era pegar ou largar. Dois dias depois vimos apontar na Esquina Maboni um bando de vacas moribundas, puro couro e osso, de cabeças baixas e babando, mais uns novilhos fracos, frutos de pouca alimentação, doentes, coisa feia. Os bichos praticamente só paravam em pé, sem força para caminhar. Eram uns fantasmas.

Foi realmente um inverno brabo aquele. Nem sei como consegui passar de ano no colégio, porque não tinha tempo de estudar. Quando voltava da aula, no início da tarde, almoçava ligeiro e me atracava a arrancar mandioca, cortar cana, buscar pasto pelos corredores (cresciam verdadeiras lavouras de azevém ao lado das estradas de chão batido), alimentos de tudo quanto era espécie. Enchia a carroça com o que achava e largava no potreiro ao lado do nosso bolicho, e aqueles famintos a tudo devoravam. Noutras tardes, levava, montado no Tostado, a pequena tropa a aproveitar o pasto verde das estradas, mas precisava estar muito atento em função dos caminhões que cruzavam a estrada real. À noite, estava tão exausto que mal comia e dormia por sobre a mesa. Eu era um guri grande, mas um dia notei que dona Mirica se apiedou e me levou pendurado pelo braço para a caminha de ferro, onde capotei imediatamente. No outro dia, cedo, estava pronto para tirar leite, ir para o colégio e recomeçar tudo outra vez. Era um dia frio e outro gelado.

Quando chegou setembro, nenhuma cabeça havia morrido. O velho Mendes abriu um sorriso e disse que estava orgulhoso de seus filhos, que haviam sido valentes e tido importância vital na missão. Ele vendeu o gado, recuperou com juros o dinheiro quase perdido e aplicou na compra de uma terra lindeira. Seu sonho era ser fazendeiro, criar bastante gado, mas isso a vida nunca lhe permitiu. Estava velho demais para realizá-lo. Logo uma doença veio lhe mostrar a dura realidade. Sobrou a nós a lição de resiliência, força de vontade e luta. Nunca esmorecer perante as intempéries. Recentemente, acamado num leito de hospital, tomado pelo vírus da Covid-19, sem poder respirar, lembrei-me dos ensinamentos daquele período. Mesmo com medo, virei um forte, resisti e sobrevivi. Quem se cria enfrentando as friagens de agosto sempre peleia pela primavera.

Buenas, senhor Setembro!

Desencilhe, senhor Setembro, puxe o pingo aqui para o galpão, deixe os arreios neste cavalete aqui, olhe. Tem alfafa, tem milho quebrado para seu lindo cavalo ali na estrebaria... Senhor Setembro, que pingaço de lei, flete de desfilar garboso por essas ruas enfeitadas neste mês de alagazarras... Chegou na hora, bom, mas depois le conto. Isso, ali na estrebaria, que deixei limpa. Estava com o mate pronto, erva buena do Alto Uruguai, amargo jujado com maçanilha, desses de patrão, o senhor vai gostar, tenho certeza. Nem le conto, estava ansioso esperando por sua chegada, eu varri ontem mesmo o pátio, ajeitei o galpão e coloquei esta pilcha, está vendo? Bombacha nova, camisa branca, este lenço de seda do meu avô maragato. Pedi pro Nico dar banho na cachorrada ali no açude, retirar essa tarecama da frente da casa. Mas o Nico, coitado, ele está velho, nem sei se fez o que lhe pedi. Mas o senhor é de casa.

Mas senhor Setembro, que bom que veio... O senhor se atrasou dessa vez, não? Preciso falar, foram duros esses dias de invernias aqui por casa. Ventarrões uivando nos oitões, minha nossa, frio e garoa. Quantas madrugadas passei insone, pensando na bicharada, porque não podia abrigar a todos. Trazia aqui pros galpões só os mais judiados. Salvei alguns. Mas senti um aperto no coração naquela manhã que encontrei a zebua dura lá na restinga. Era mestiça a Gir, deu leite para todos os meus guris e agora ali, morta, a coitada. Nós a enterramos debaixo de um açoita-cavalo. Tivemos outras mortes, não menos dolorosas, de bichos e de gente. Quantos amigos se foram, senhor Setembro, o senhor não sabe, andava distante. Ainda bem que veio de novo, é um homem alegre, bem pilchado, aperos de prata, ouro na guaiaca, o senhor não gosta de ouvir essas coisas, eu sei.

Está bem, vou trocar de assunto. Tome outro mate. Le digo, me animei agora, com sua chegada. Ontem mesmo escutava a passarada toda alvorotada, alegrando este nosso rincão. Então disse ao Nico, "Setembro está chegando, sinto o cheio dele". E foi mesmo, o senhor surgiu lá na estrada, com este jeitão fandangueiro, trazendo na garupa essas maçanilhas e outras flores silvestres que já espalhei pela casa enquanto o senhor cuidava do cavalo. Está sentindo? Saiba, senhor Setembro, que já estou um homem velho, mas a cada vez que o senhor me visita, parece que eu me renovo por completo. De fato.

Não, não vá ainda! O Nico está assando uma paleta de ovelha. Mire, tome um gole, é uma canha buena lá de Santo Antônio. Isso, amigo, ria comigo, ria a lo largo, assim mesmo. Ah, Setembro, tua visita me faz tão bem, nem parece que perdi tanta coisa. Bem assim, tu chegas e este rancho se enche de fé e de esperança de novo. Uma pena mesmo tu precisares ir agora. Olhe lá, o Nico nos chamando, vamos cortar uns nacos e sentir o gosto bom da carne assada. Já te vais? Bueno, sei que precisa levar o teu encanto a outras moradas, não é mesmo? Te agradeço, saiba que por toda a parte ficará tua alma boa. Isso, me abrace forte, vou precisar demais desse recuerdo, Setembro velho de guerra! Não demore. Ah, e se eu não estiver mais aqui, espalhe umas flores cheirosas lá naquela coxilha, está vendo? Debaixo daqueles dois pés de cinamomo...

Lágrimas de outubro

Sempre que essas chuvaradas de outubro chegam, derrubando as flores das árvores, encharcando as ruas e os pátios, sempre que essas chuvas intempestivas molham a gente, mais por dentro do que por fora, eu recordo de uma tarde em que voltava a pé do colégio. Havia escurecido para os lados de Tupanciretã, preteado de vez e, quase em frente ao Jockey Club, o temporal desabou. Uma chuva guasqueada, com vento, de pingos grossos, que chegava a doer no corpo. Tentava proteger os livros e cadernos dentro da pasta de couro, mas coitada, já estava gasta e velha, possivelmente iria molhar tudo. Pensava, ainda, na mãe, que andava bem acabrunhada depois que o bando do Ramires passara pelo bolicho, arrastando tudo por diante. Deram um desfalque nos mantimentos, mataram duas ovelhas, dezenas de galinhas e deram uma facada no galo carijó só por desaforo. Ainda bem que o pai andava tropeando, por isso, certamente, não o mataram e nem roubaram o Tostado.

A coisa andava tão hosca que a Belinha tinha pegado de namoro com um guri de uma outra série, mais velho, metido a besta e fazendeiro. Por anos eu havia olhado para aqueles olhos mais azuis que o açude do doutor Paulo Waihrich, mas nunca tivera coragem de me aproximar dela. Eu pensava que ela iria zombar das minhas botas de borracha, da minha capa de chuva e até do meu jeito campeiro, ela uma moça urbana, tão delicada e tão linda. Assim, olhava de longe, às vezes até notava que nossos olhares se cruzavam, mas nessas horas eu baixava os olhos e procurava um lugar ermo, distante, envergonhado, pois aquele olhar tão doce me queimava por dentro. Foi então, meus amigos, que nesta tarde de aguaceiro eu chorei tanto, mas tanto, que acho que o meu choro foi ainda mais forte que a chuva que caía do céu. Era um choro salgado e triste. Eu sabia que em casa teria que enxugar os cadernos em cima do fogão e depois fazer os temas. Antes disso, porém, teria de fazer toda a lida de casa sob a chuva torrencial. Separar as vacas dos terneiros, cortar cana, limpar as estrebarias e cortar toda a lenha seca que achasse dentro dos galpões.

Tive uma vida tão linda na minha saudosa Vila Rica. Já contei isso muitas vezes. Mas sofri bastante também. Então, hoje, olho pela janela onde guasqueiam pingos tão grossos como aqueles daquela tarde e sofro outra vez. Eu via a mãe se escondendo para chorar sozinha pelos cantos, ela que queria fazer uma comida melhor para nós, mas o momento não ajudava. Era feijão e arroz todo dia, mais o resto das mandiocas que ainda conseguíamos encontrar na lavoura. E só. Mas nem eu nem meu irmão reclamávamos para não deixá-la ainda mais aflita.

Venha, chuva velha medonha, caia e se debruce por essas ruas antigas de Porto Alegre, lavando as melancolias que teimam em voltar para este peito judiado. Depois vá embora, pois a primavera está lá fora, esperando por nós. Como aquele dia posterior à minha choradeira na estrada. O sol acabou chegando mais cedo, claro e bonito como um boião vermelho no Leste e eu me esqueci da Belinha, tomei um mate com a mãe e depois saí assobiando uma marca do Gildo de Freitas. A vida, amigos, é mesmo assim, num dia a gente chora, no outro a gente ri, porque ninguém nasce para se empanturrar de lágrimas em outubro.

Fogueiras

Acordo cedo neste junho de invernias/ Acendo fogo, faço mate, penso o serviço/ Encilho o mouro que me espera na estrebaria/ Firmo na rédea porque o braço mantém o viço.../ Mais um inverno, a la pucha, veio bagual/ E de vereda tamo na luta quebrando geada/ Que bueno amigo é este mouro, não tem igual/ Bufa, galopa, mete o encontro na campereada.../ Trago no peito ânsias pequenas e tão sozinhas/ Elas são pobres e muito tristes por serem minhas/ Mas se agitam entreveradas no coração.../ Raiou o sol, que amorna a alma e esta vidinha/ Já sou um fogo que se apagou por trás da linha/ Mas sob as cinzas surgem fogueiras de São João...

O senhor está vendo, lá no fundo da lavoura, naquele coxilhão perto dos trilhos? Mais para cima, havia uma morada onde viviam seu João, a mãe dele, a dona Isabel, o Joãozinho, meu colega de colégio, a família inteira. Era uma chácara bem linda, dava gosto de ver, o açude aqui embaixo, cheio de peixes, o pomar, as vacas leiteiras, um parreiral. Pois o senhor sabe que num inverno como este, frio que ele só, eu, o Joãozinho, o Clécio, o Luiz, o Tonho e o Marreco decidimos fazer uma festa junina, chamar a vizinhança, tomar quentão, comer canjica, milho verde, arroz doce, rapadura, amendoim, pipoca, pinhão e tantas outras guloseimas que poderíamos apreciar caso conseguíssemos que as famílias viessem. Seria uma farra e tanto, sem falar na velha gaita do velho Lara, acordeonista de primeira estirpe.

A ideia era reproduzir a festa que anualmente tínhamos na escolinha de São João do Barro Preto, só que apenas nossa.

Foi penoso, mas finalmente conseguimos a autorização de seu João para a realização do festejo. Alguns demoraram para confirmar, mas todos concordaram. Foi uma algazarra entre a gurizada. Dois dias antes, começamos a fazer incursões pelos matos à procura de madeira seca, galhos, troncos caídos, para que nossa fogueira fosse a maior, a mais alta, a mais clara já vista por aquelas bandas. O seu Adão Bolacha foi quem nos instruiu na feitura, com um grande poste fincado no centro, onde fomos arrodeando a lenha mais grossa, depois subindo, afunilando, sendo que bem no alto, na ponta, ficaram as taquaras verdes e os pneus velhos, que iriam queimar e estalar, como pequenas bombinhas. As mulheres se encarregaram dos bolos e quitutes, a família do Clécio fez o quentão, minha mãe a canjica, e assim por diante.

Finalmente chegou o grande dia. Na noite anterior a fogueira estava pronta, fizemos turnos de guarda para cuidá-la. Lembro, ainda, que finalizamos nossas obrigações e a lida às pressas, para que às seis da tarde pudéssemos estar lá na chácara. Eu me pilchei de bota e bombacha e botei um chapéu de palha, mas o pai disse que gaúcho não se veste de caipira. Por isso, dei de mão no lenço colorado e no chapéu preto de barbicacho. Quando anoiteceu chegaram os convidados trazendo suas contribuições.

A festa foi animada, seu Lara tocou três horas sem parar, a Belinha estava linda, com suas tranças e pintinhas no rosto, e me olhava faceira. As comidas estavam deliciosas e a fogueira... credo, aquela foi a maior e mais bela fogueira que já vi neste meu longo andejar. Às vezes, no meio da noite, fecho os olhos e ela está lá, de novo, crepitando, iluminando para sempre os escuros desta vida...

Sol do Sul da alma

Um guri corre pela estrada de terra empurrando com um arame retorcido uma argola de ferro. Ao lado do velho alambrado, de moirões e tramas apodrecidos, uma antiga placa de refrigerante que nem se vende mais nas lancherias e bares. À direita, um açude onde nadam patos e marrecos, com um bando de andorinhas voando por riba, com a líder delas alçando um trajeto mais alto em direção aos caponetes de eucaliptos, ao longe. Para a esquerda, as lavouras verdejantes a se perder de vista, vez por outra, vacas leiteiras reunidas em potreiros. Lá, bem na frente, um campeiro genuíno, montado num cavalo mouro, arreios gastos, só com freio e rédeas, sem buçal ou laço. Um homem simples, desses que não bailam em CTGs, que passa a vida a trabalhar de sol a sol, sem domingo ou dia santo. *Hay* muitos nesses corredores.

Depois, na encruzilhada, uma chácara, uma casinha branca de onde uma fumaça cinza alcança os céus e se perde por detrás da restinga. Quem estará dentro daquele humilde lar, será que uma alma apaixonada que prepara a comida para o amado que há dias está longe de casa, num compromisso? Ou um paisano desprezado que ficou solito porque a vida não o deixou encontrar sua cara-metade, um desses que hoje andam cabisbaixos, que preparam a erva para matear solitos. Ah, meus amigos e minhas amigas, queridos leitores, andei solitário por muito tempo por esses caminhos do Pampa e sei como é chegar em casa, depois de muitos dias, e não ter nem um cusco para latir e alegrar nossa alma enregelada. Não enxergar na janela a prenda com uma flor no cabelo e um sorriso largo como clarão de alvorada. Quando se abre a porta e tudo está vazio, como o nosso peito tapera.

Falo assim porque vi e vivi nessas estradas de chão batido por muito tempo. Por isso aqui enalteço os esquecidos, os que ganham o pãozinho de cada dia debaixo de muita luta e trabalho. Abro a janela e parece que enxergo o sol de outubro se deitar para os lados dos correntinos, ensanguentado, coloreando o mundo, pintando a paisagem de mais um fim de dia. E assim, minha gente, galopam as horas, os dias, os meses, os anos, as décadas e os séculos. Tudo vai mudando, uns morrendo, como essa tarde, e outros nascendo, como o sol de amanhã. Tudo segue como a sanga que vai sempre em frente, para dar no riacho, que vira rio e depois o mar, aquela eternidade de água e tempo. E nós vamos envelhecendo, lentamente, como essa paisagem que definha em fogo.

Mas não há de ser nada, como sempre dizia o velho Turíbio, enquanto tomava um trago oitavado no balcão: "Não tem nada nem que tenha, cavaco também é lenha", brincava. A seguir, um gaiato arrematava: "E viúva também se emprenha". "Chega", gritava dona Mirica, minha mãe e bolicheira. "Tão borrachos." E a vida seguia no ritmo lento, como todo o resto, porque é mais devagar o tempo na campanha. Agora, depois de tantos atropelos, quero a lentidão daquele entardecer, dos dias bolicheiros e alegres, de um sol colorado que adormeça neste coração campesino e fique dentro dele. Um coração afetuoso e manso, louco de faceiro, recitando versos, bem missioneiro, bêbado de luz e sendo guri de novo, empurrando aro de ferro na estrada, sonhando em ser feliz.

Dom Desidério vai embora

O inverno daquele ano parecia que não queria nos deixar. Depois das incontáveis geadas, da neve que caiu num sábado ao entardecer, das garoas tristes nas tardes curtas, das noites longas e geladas, o setembro se espichava assoprado por um vento matreiro, que se infiltrava pelas frinchas das velhas tábuas do bolicho – que haviam servido anos passados de armazéns na antiga Charqueada de São João do Barro Preto – e vinha cravar seu punhal de vidro em nossos rostos cansados. "Vai-te embora, excomungado", imprecava seu Turíbio, num canto, enquanto bebericava lentamente um liso de canha, enrolado num bichará desbotado, com vários furos e fiapos de lã se soltando no assoalho carcomido da venda beira de estrada. O vento ladino não foi. Quem se foi, na verdade, de vez, foi seu Desidério Américo de Magalhães Correia e Albuquerque, o dom Dério, que definhava havia anos, quis morrer justamente neste dia, enquanto declamava um poema de T. S. Eliot.

O velho Dério tinha sido estancieiro para os lados da Fronteira. Viúvo e já doente, viera em busca de uns parentes que jamais encontrou. Estabelecera-se numa pequena chácara bem cuidada na estrada do Cerrito, lugar de boa aguada, sombra, pomar, horta, criava umas ovelhas, tinha vaca de leite, um lindo cavalo zaino e dois cachorros lebreiros. Tinha caseiro e uma empregada que lhe fazia a comida, lavava roupa e todo o serviço de casa. Mas com o passar do tempo, o velho perdera o viço, a doença ia lentamente tirando-lhe os movimentos, o dinheiro que guardava debaixo do colchão foi terminando. O que não acabava nunca era sua verve de contador de causos, de conhecedor de lugares e caminhos, era um homem bastante culto, com faculdade, cursos, e muito viajado, sabia falar espanhol e inglês. Muitos o chamavam de professor, o que realmente era, outros de dom, de doutor, era uma figura muito respeitada.

Quando dom Dério apeava do cavalo Pé de Chuva, que ficava atado nas tramas debaixo dos cinamomos, o pessoal se ajeitava para ouvir causos de lugares distantes por onde o homem andara quando jovem, ouvir versos de poetas ali desconhecidos, mas que todos escutavam com silêncio e respeito. Ele sabia de cor trechos de contos de Simões Lopes Neto, de Machado de Assis, versos campeiros de Aureliano de Figueiredo Pinto, versos modernos de Carlos Drummond de Andrade e de gente do estrangeiro. Num Natal, ganhei de presente uma edição bilíngue de *Martín Fierro*, de José Hernández, que me acompanha até hoje e moldou meu gosto pelo regionalismo.

Nesta tarde de ventarrão, dom Dério chegou com olhos de vidro, numa charrete puxada por um tordilho, e seu caseiro. Arrastando as alpargatas, recitou seu último poema. De certa forma, foi premonitório: "O que chamamos de começo, costuma ser o fim/ E fazer um fim é fazer um começo/ O fim é o lugar de onde começamos". E parou, já sem vida, ao cair sobre as tábuas velhas. Muito tempo depois, cursando a faculdade de Comunicação Social da UFSM, vim descobrir a autoria dos versos. E dei-lhe razão totalmente, porque quanto mais nos aproximamos do fim, é sinal de que vamos recomeçar. Uma nova jornada só começa exatamente no momento em que uma outra termina. Assim como essas *Campereadas*.

Tropeada braba

Seu Neto, o tropeiro, se criou no campo, levantando cedo, quebrando gelo no inverno, suando nas soalheiras dos janeiros, acostumado a dormir ao relento. Laçava, pealava, carneava, castrava, era xiru de "pegar touro a unha". Contava causos de tropeadas de 12 dias, onde, certas tardes, não achavam pouso nem encerra para o gado, os peões precisavam dormir fazendo a ronda da tropa de 500 cabeças ou mais. Para piorar, vinha o vento e a chuva. "Vida de tropeiro não desejo para meus filhos, quero que estudem, saibam escrever a máquina, arranjem um serviço debaixo de uma ramada, com direitos", sonhava. Era um homem já velho, que vivera tantas situações duras que não tinha medo de nada. Isto é, quase nada.

Certa feita ficou doente e foi até o bolicho fazer uma injeção que havia sido receitada. Seu Neto estava pálido, branco como a geada, e a cada vez que dona Mirica, minha mãe, fazia menção de aplicar, ele tinha tremores e calafrios. Sem pestanejar, a velha bolicheira cravou a agulha e o gauchão começou a gritar. Depois, eu e meu irmão enxergamos lágrimas escorrendo pelo rosto enrugado por tantos minuanos. E desatamos a rir, e ele, inclusive, estava envergonhado e constrangido. Mais tarde, quando montou em seu tordilho e desapareceu na estrada, perguntamos como podia um homem campeiro ter medo de injeção. "Nunca mais deem risada dele, merece respeito. O medo pode aflorar na alma de qualquer um, a gente é valente para muitas coisas, para outras, covardes."

Meus amigos e amigas, passados tantos anos, descubro agora, quando o tempo já vem me branqueando as melenas, que também sou um medroso. Quando fui acometido de Covid-19, em novembro de 2020, fiquei hospitalizado 24 dias no Hospital São Lucas da PUCRS. Nesse período, 15 dias foram na UTI. Confesso que esta etapa foi a mais terrível e dramática da minha vida. Mas depois de muita luta, alucinações, vertigens e pânico, sobrevivi, e, no dia 21 de dezembro, estava de pé para um longo período de adaptação, com a utilização de fisioterapia e vários tratamentos mentais. Tudo para tentar curar o trauma dos longos dias e escuras noites vendo pessoas sofrendo, muitas não resistindo, além das agulhas, cateteres e tubos cravados nos braços e outras partes do corpo. A falta de ar nos pulmões derruba o índio mais valentão. A imprensa já mostrou as agruras pelas quais passam pacientes mais graves.

Esse bicho é maleva, traiçoeiro, como os bois fujões de seu Neto. Pois as sequelas decidiram aparecer na minha vida, sendo que o psicanalista Luigi Pesseto e o cardiologista Fábio Torres me ajudaram a me recuperar desses males. É uma tropeada das brabas, repontando angústias, insônias e as fragilidades da alma. Lembro dos ensinamentos da dona Mirica. Eu também me criei no meio do mato, sem medo de bicho, de trabalho áspero, de enfrentar adversidades. Porém, como seu Neto, fico apavorado com essas complicações pós-Covid, os efeitos psicológicos e danosos deixados pela doença, tanto os físicos quanto os mentais. Não há de ser nada. Vamos resistir com a força de todos. Porque, como já disse o poeta Rodrigo Bauer, "O medo às vezes faz que vai embora, mas de repente vem na ventania, está na lágrima que se evapora, mas que promete retornar um dia...".

Aos que cuidam

Quero abraçar os que salvam e cuidam de vidas, aqueles que abriram mão de parte do que eram para se encarregar de proteger outros. Ah, meus amigos, eu admiro muito essas pessoas. Conheci muitas desse naipe lá no bolicho da Vila Rica. Dona Maria, a curandeira, criou um menino órfão desde pequeno, deu carinho, educação e hoje esse rapaz construiu família e mora na mesma casa onde foi acolhido. É um peão trabalhador, tem mulher e duas filhas, se tornou um pai amoroso. Na sua simplicidade, sempre faz festinhas para as meninas nos aniversários, tira fotos e faz questão de mostrar aos vizinhos. Vive feliz naquilo que tem, no seu universo. Eu sempre digo, a felicidade é bastante relativa, às vezes corremos atrás de coisas que, na verdade, nada importam. Esse moço é uma pessoa de muito bom coração, cuida de gente e de animais, retribuindo aquilo que a vida lhe deu de presente.

Vocês sabem como é compensador a gente cuidar de alguém. A Pretinha, por exemplo, foi uma porquinha que criei guaxa depois que a mãe dela foi vendida e o novo dono não quis levá-la porque a leitoa havia quebrado uma pata. Alimentei o bichinho com leite numa garrafa de vidro com um bico de borracha. Cresceu rápido, vivia na nossa cozinha, até que um dia voltei do colégio e não a encontrei. Tinham vendido a porca para que eu não sofresse vendo-a ser morta, virar carne, banha e torresmo. Chorei por dias, mas depois compreendi. Meus pais eram gente do campo, o que iriam fazer? Para eles, a vida era assim mesmo. E a Lica? Uma borrega que um caminhoneiro deixou no bolicho, já era graúda, demorou a aprender a beber na garrafa, mas ficou linda, de lã branquinha, balindo pelo pátio e correndo atrás de mim como se fosse um cachorro. A Lica achou que era filha da Princesa, nossa primeira ovelha, e um dia morreu de peste, porque essa nunca deixei que vendessem. Eu havia crescido.

Quantos cachorros, quantos gatos nós cuidamos naqueles já tão distantes anos de Vila Rica? Até perdi as contas. Éramos verdadeiros pais, como atualmente são os donos de felinos e cães moradores das cidades. A gente os ouve chamando-os de filhos nas ruas e nas pets. Quando vim morar na Capital achava engraçado os chamarem assim. Hoje compreendo, pai ou mãe é quem cuida, é quem zela. Não acho graça, fico chateado é com quem abandona qualquer tipo de ser vivo, seja gente, gato, cachorro, qualquer um. É preciso proteger e cuidar.

Minha mãe adotiva um dia me buscou pela mão numa cidade distante. Meu pai adotivo me ensinou a ser correto, me deu sobrenome e educação. Aprendi a respeitar minha mãe biológica, que não pôde me criar. Depois fui atrás e encontrei, para felicidade mútua, meu pai biológico. Ah, queridos leitores, hoje só posso dar um beijo no coração de todos os que cuidam, protegem, dão de beber, dão de comer, apontam o dedo e mostram tudo aquilo que sabem para os que, por algum motivo, estavam perdidos, deserdados e sem rumo na vida. Corações generosos têm os que cuidam todos os dias e noites, sem pedir nada em troca, apenas enxergar nos olhos de seus filhos o amor e a gratidão. Ser pai é ensinar e aprender. Abençoados são os que cuidam, porque, instantes antes de morrer, nós adoramos saber que fomos amados.

A bandeira

Verde. Seu Adolfo: sou produtor rural na Fronteira, conservador, como sempre foi minha família portuguesa, desde meu tataravô, o velho Gumersindo, que era dono disso tudo por aí. Ele criava gado, como hoje ainda crio, mas agora bem menos, a terra se dividiu, muitos herdeiros não tiveram tutano para seguir na lida, venderam, arrendaram, mas sigo aqui. Mudei pouco, mas até acho que mudei muito. Sou gaúcho tradicional, uso bota e bombacha, tenho minha casa na cidade, vivo bem, meus filhos estão todos formados, tenho orgulho do que sou. Muitos me chamam de reacionário, disso e daquilo, pouco me importo, mas aqui nas minhas terras nós preservamos as matarias, os banhados e as várzeas. Dias atrás ainda vi uma ema, um cervo e, no arvoredo, a passarada cantando. Sou campeiro e gaúcho.

Vermelho. Xiru Ernesto: vivi muito tempo seguindo os sem-terra, na luta, uma cruz com a bandeira tremulando na frente, como um baluarte. Sou indiático. De alguns anos para cá, consegui um punhado de terra para plantar. Trouxe mulher e a filharada toda. Arregaçamos as mangas, plantamos de tudo, feijão, milho, fizemos pomar, hortas, açudes, criamos peixes e participamos todos os sábados das feiras na Vila Rica. É lindo ver as senhoras comprarem nossos produtos, elogiarem a qualidade. Nossa imagem melhorou muito nos últimos tempos, acho importante isso. Hoje somos pequenos agricultores. Sou gaúcho, meus pais gostavam muito de matear em frente à casinha simples lá no

Alto Uruguai até as águas da barragem inundarem tudo. Sou campesino, assentado e gaúcho.

Amarelo. Guri Antônio: estou terminando o Ensino Médio, sou negro, moro numa comunidade e vou fazer a faculdade. Sou de Porto Alegre, curto muito a Semana Farroupilha ali no Harmonia. Meu pai era roqueiro, mas os pais dele vieram do Interior buscando uma vida melhor, o que chamavam de êxodo rural. Escutei muita música de festival nativista, acho legal, coisa de identidade. Ah, adoro tomar uns chimas com a galera na Redenção, mas churrasco mesmo larguei, ando agora numa onda de comida natural, sabe, menos gordura. Mas, às vezes, encaro uma costela, uma picanha, com comedimento. Nada contra ninguém, cada um na sua, embora não goste de gaitaço, sou mais Nei Lisboa, Nelson Coelho de Castro, Bebeto Alves, esses caras da velha MPG. Sou urbano e gaúcho.

O autor: esta bandeira verde, vermelha e amarela que tremula no nosso peito é de todos os gaúchos, diversa e simbólica. Nossos corações batem mais forte em setembro, que antes de ser um mês é uma metáfora. Por isso, meu texto não tem cor, raça, idade, profissão, classe social, é regionalista e universal. Transpassa campos e cidades. Queria que esta mensagem cruzasse os aramados, os muros, os preconceitos e as ideologias. Um canto humilde sem ser subserviente, simples sem ser simplório. Uma literatura digna. Para representar a todos e todas, homens e mulheres, os outros gêneros, jovens e velhos, ricos, pobres e remediados. Todos os dias, todas as noites, todas as manhãs. Em todos os fins de tarde e em cada alvorecer. Que pudéssemos conviver juntos, mesmo com nossas diferenças, com respeito, debaixo da sombra e do abrigo da antiga e bendita bandeira do Rio Grande. Sou jornalista e gaúcho.

Na porteira

Carrego comigo a ideia de que as porteiras se fecham, mas também nos abrem o caminho para o mundo. Minha mãe dizia, "Olha meu filho, quando Deus fecha uma porta, Ele abre duas janelas". Eu via assim. Quando era bem guri, tínhamos um portãozinho de ferro que se quebrou quando um boi brabo se desgarrou de uma tropa e entrou intempestivamente em nosso pátio. Depois que a mãe abriu o bolicho, derrubaram a cerca da frente. Primeiro colocaram uns varões de eucaliptos, mais tarde deixaram aberto mesmo, facilitando a chegada dos clientes, para que pudessem atar os cavalos nas tramas ao lado da porta da venda. Lembro ainda que o pai se preocupava muito com as porteiras das pequenas lavouras que fazia, de azevém, de cana, de milho e de mandioca, tudo para servir de forragem para as vacas leiteiras no inverno. Às vezes, quando esquecíamos uma delas aberta, era sermão, era briga, era promessa de surra, mas ele tinha coração brando, nunca cumpria.

Porteiras também são sinônimo de espera. "Te aguardo na porteira, tal hora." Todos lembram, nos recados das rádios do Interior era comum, antes do advento do celular e das redes sociais, a mensagem tradicional de "fulana diz que vai para a fazenda no dia tal, favor alguém esperar na porteira, chegará no ônibus das seis horas". Então, alguém ia com um cavalo encilhado, com uma charrete, com um automóvel buscar essa pessoa que vinha da cidade. E esperava na porteira. Quantas horas um coração apertado não sofreu e bateu descompassado ao lado do grosso moirão da porteira, em vão, pela volta do amado ou da amada? Ah, meus senhores, minhas senhoras, se essas porteiras falassem, livros e livros seriam escritos de tanta coisa que se passou por essas imediações.

Quantas porteiras se abriram, quantas porteiras se fecharam por esse Rio Grande de São Pedro. E continuam se abrindo e fechando, todos os dias, deixando passar pessoas, sonhos e vidas que vão e voltam. Quantas vezes abrimos uma porteira receosos, mas sem saber que ali ficaremos anos e anos? Essa porteira, no caso, se abre para um rancho lá na frente, onde está outra alma, igual à outra, que anda à espera de um abrigo. O viajante também tem sede de descansar. E as duas almas fincam morada ali e não *hay* nada que abra aquele laço de ferro que se ata depois da porteira. Porém, existem dias em que a gente fecha a porteira e se manda estrada afora, para sempre, sem olhar para trás. Depois, após muitos anos, algum de nós volta, mas daí não é mais a mesma coisa, tudo será diferente, algo se partiu, se rompeu, será diferente.

Criei-me vendo gaúchos abrindo e fechando porteiras de todos os tipos e modelos. E as enxergava como equipamentos dentro de um processo de movimentos e deslocamentos. Era isso, isso e mais alguma coisa, um símbolo sutil dos espaços e das medidas do nosso, do alheio, do conhecido, do nem tanto perceptível e até do desconhecido. Para além das porteiras está o mundo do improvável. Nas porteiras ficam vestígios de lágrimas, de tristezas sem fim, ficam as saudades emaladas de alguém que se foi no lombo de um cavalo bragado, na boleia de uma caminhoneta, de uma charrete. Ficaram até os passos delicados de quem se foi, sumindo ao longe, na tarde gris de um domingo.

Sombras, sonhos e andorinhas

Lembro-me: era inverno, não como aqueles de todos os anos. Chegou branqueando tudo, descarnando os braços das árvores, emagrecendo as tambeiras, matando o gateado do seu Nogueirinha, o cavalo que puxava a aranha. Os cachorros dormiam enrolados uns por sobre os outros no galpão e eu os ouvia ganir nas madrugadas. Até o poncho furado que usava para me tapar parecia frio. Era um peso por sobre o corpo franzino, mas tudo ficava gelado e custávamos a dormir, eu e meu irmão, em camas de ferro, com lastro de tela, travesseiros com pena de galinha, colchões de palha. A roupa de cama era tingida pela nossa mãe em baciões de alumínio no fogão a lenha. Vida simples, sem luz elétrica. Os ventos frios das manhãs e as garoas geladas faziam os dias curtos serem rápidos e as noites tão longas. Era inverno. Éramos pobres, uma família simples que vivia com parcos recursos. Quando anoitecia, faltavam luzes e sobravam sombras tristes que se projetavam pelos alpendres.

Então brincávamos. Nós, os guris, nem podíamos tocar no lampião a querosene, pegávamos um toco de vela, acendíamos e nos sentávamos ao lado de uma parede. E ficávamos a fazer desenhos engraçados e a inventar histórias de cachorros, cobras, cavalos, ovelhas, vacas e pássaros. Meu irmão recontou a história de dona Mirica, nossa mãe, que saiu atrás de um ladrão de ovelhas. Ela correu empunhando seu revólver calibre 22. Ainda bem que quando chegou ao local do crime o ladrão já havia fugido, mas antes degolou a Princesa, a ovelha matriarca do nosso rebanho. Levou alguns pedaços com pelego e tudo. Uma judiaria. Depois descobrimos que o revólver não funcionava mais, a munição estava vencida. Eu criei uma história de uma andorinha que voltava em todos os verões para casa. Voava pelo mundo todo, passando por todos os países que eu conhecia, e depois retornava trazendo outros pássaros para conhecer sua terra. Até que um dia chegou e não existia mais nada, sua terra havia sido transformada em um enorme deserto de soja. As andorinhas voltaram desiludidas. E a história ia mudando a cada ano.

Aquele inverno gelado e cheio de luzes bruxuleantes ficou lá, perdido no tempo, mas agora retornou quando assisti a um filme onde os personagens brincavam de fazer sombras de bichos com as mãos. A memória descansa em nós e basta algo para reativar as conexões, reavivar as brasas que estão sob as cinzas do tempo. Do nada, tudo emerge como se fosse hoje e a gente viaja pelas pegadas de tudo aquilo que fomos e vivemos, somos de novo meninos, meninas, crianças felizes nos divertindo com coisas impensáveis, mistérios das mentes infantis.

Às vezes somos a luz, por outras vivemos nas sombras, quase sempre nos transformando em texto. Mas as histórias, os causos, os contos, as crônicas, os romances e as novelas mudam, se modificam, vivem em círculos, se renovando na boca de novos contadores, porque como já disse um poeta, a vida sem imaginação não basta. Numa noite, a andorinha da história da noite de inverno viu a grande lavoura, porém não quis decepcionar seus amigos. Em êxtase, exclamou: "Mirem a paisagem, esta é a minha terra linda e verdejante, lá está o rio, a floresta, os campos e os animais". Então todas viram, porque só é feliz quem tem olhos de fantasia e alma de sonhador...

Este vivente abanando,
dando ôh de casa faceiro,
é um prêmio da ARI
por ter sido bom "tropeiro".

Agradecimentos

Aos meus colegas do *Correio do Povo*, à minha família carioca, à minha família castilhense, à minha família de Porto Alegre, aos meus amigos da Capital, de Júlio de Castilhos, da UFSM, do Festival da Barranca, a Beatriz Grandi, Clô Barcellos, Tailor Diniz, Pedro Dreher, Gonzaguinha, Carmelito Bifano, Carlos Bortolás, Chico Ferreira, Eduardo Rocha, Leonid Streliaev, Eugênio Bortolon, Jurema Josefa, Fabiano Ramos, Luigi Pesseto, Juremir Machado da Silva, José Eduardo Degrazia, Luis Gomes, Pedro Luiz Osório, Alex Silveira, Xiru Antunes, Rodrigo Bauer, Eloisa Pes, João Sampaio, Landro Oviedo, Nandi Barrios, Silvio Rivero, Clebes Pinheiro, Carlos Rezende e José Mariano Garcez Pedroso (*in memoriam*).

A todos os gaúchos que viveram e vivem esquecidos pelos corredores sem fim do Pampa.

À equipe médica, enfermeiros, auxiliares de enfermagem, fisioterapeutas, técnicos e funcionários do Hospital São Lucas da PUCRS.

A todos os leitores.

Paulo Mendes

Nasci Paulo Ricardo Cunha Mendes, no fim da madrugada da véspera do Natal de 1962, numa casa humilde em Cacequi, e me criei atrás de um balcão de bolicho em Júlio de Castilhos. Aprendi a ler nos rótulos de mercadorias das prateleiras e nas páginas amareladas de edições antigas do *Correio do Povo*, orientado por minha mãe, dona Mirica. Ainda guri, ganhei uma máquina de escrever Olivetti e me entusiasmei a me tornar jornalista e a contar tudo aquilo que via e ouvia da boca de peões, changueiros, tropeiros e tratoristas, gente humilde do campo que nunca teve voz.

Preparei-me para o vestibular na UFSM escutando cursos em rádio de pilha. Depois de formado, trabalhei em jornais, rádios e revistas em Santa Maria, Caxias do Sul e Porto Alegre. Fiz mestrado em Letras na Ufrgs e pesquisei sobre a literatura regionalista do Estado. Desde 1990, trabalho no *Correio do Povo*, e, em 2009, passei a assinar a coluna dominical *Campereada*. Gostaram tanto que passaram a em chamar de escritor e a me convidar para falar em universidades, colégios, CTGs, feiras e outros eventos. Gosto de escrever de forma simples, como quem conta um causo oitavado no balcão.

Campereadas
Coração de pandorga

Libretos

Livro com 160 páginas composto em
Aldus e Billboard, impresso sobre papel pólen 80
gramas (miolo) e papel cartão 250 gramas (capa)
pela gráfica Pallotti de Santa Maria/RS,
com 1ª edição em julho de 2023.